公元787年，唐封疆大吏马总集诸子精华，编著成《意林》一书6卷，流传至今
意林：始于公元787年，距今1200余年

一则故事　改变一生

马叔 著

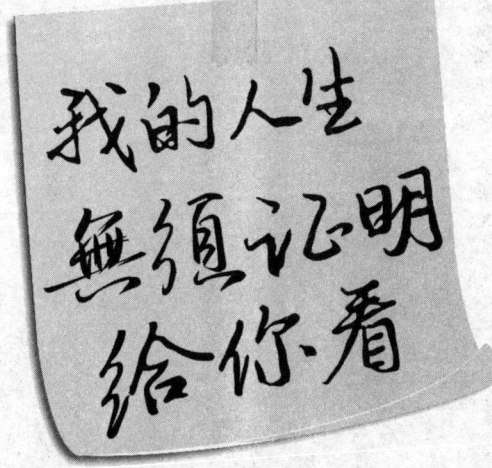

吉林摄影出版社
·长春·

图书在版编目（CIP）数据

我的人生无须证明给你看 / 马叛著. -- 长春：吉林摄影出版社，2017.4
ISBN 978-7-5498-3073-2

Ⅰ.①我… Ⅱ.①马… Ⅲ.①短篇小说-小说集-中国-当代 Ⅳ.①I247.7

中国版本图书馆 CIP 数据核字（2017）第 072501 号

我的人生无须证明给你看 WODE RENSHENG WUXU ZHENGMING GEI NI KAN

著　者	马　叛
出 版 人	孙洪军
主　编	顾　平　杜普洲
总 策 划	蔡　燕
责任编辑	施　岚　孙　瑜
丛书统筹	黄　磊
策划编辑	黄　磊
特约编辑	梁　姊
设计总监	资　源
封面设计	云　飞
美术编辑	金　宇
封面题字	王　超
插画摄影	虫　X
发行总监	李振红
营销总监	王俊杰
开　本	880mm×1230mm 1/32
字　数	200千字
印　张	8
版　次	2017年4月第1版
印　次	2017年4月第1次印刷

出　版	吉林摄影出版社
发　行	吉林摄影出版社
地　址	长春市泰来街1825号
	邮　编：130062
电　话	总编办：0431-86012616
	发行科：0431-86012602
网　址	www.jlsycbs.net
经　销	全国各地新华书店
印　刷	河北鹏润印刷有限公司

书　号　ISBN 978-7-5498-3073-2　　定　价：32.80 元

版权所有　翻印必究
（如发现印装质量问题，请与承印厂联系退换）

序言 preface

无非活个心中敞亮

世间所有的信仰，包括哲学，最终的目的，都是让人心中畅快，只是方式方法和所用案例不同罢了。

顿悟也好，立地成佛也好，说的都是把人生想通透了，不迷惘了，不会被忧愁环绕，不会痛苦，得到了大欢喜、大解脱。

虽然还是过去那个人，但是思想已经提升到了不寻常的境界，寻常生活中的事情已经再也为难不到他了。

我写这本书，也是希望众人读后，能将心中的结打开，亦能将心中的块垒消散。

大千世界，芸芸众生，不同的人有不同的活法，但是不管是古代还是现代，不管是此地还是远方，不管是什么职业、什么出身，人的情感都是差不多的，都会有生老病死、喜怒哀乐。也正是因为有着这一共同的情感和情绪，社会才得以存在。

人是需要群居的，无法独立存在，但是人的心，可以自成宇宙，不被外事外物所扰。这本书里写的十六个人，大都是心中自成宇宙的人。他们有着坚定的信念，知道自己从哪里来，自己是谁，自己要到哪里去。

不管自我、本我，还是超我，他们都了如指掌，所以他们不迷惘，他们不绝望，他们不放弃。

就像海明威的《老人与海》，就像《被嫌弃的松子的一生》，就像宫部美雪的《火车》，不管命运给了主人公什么，他们都会跟命运较劲，不会自暴自弃，不会随意接受命运的安排。

这本书里的人物，都离我们不远，他们虽然是故事里的人，但他们真真实实存在过，我们读的时候，可以反观自己，命运在残酷对待他们的时候，又何曾温柔地对待过我们。

不理解我们的父母，自私无情的恋人，令人头痛的工作，戒不掉的欲望和癖好，等等，无一不是命运给我们戴的枷锁。

好在我们有双手，只要再拥有坚定的信念，就可以打破枷锁，从此坦荡地行走于世间。从此不管你从事什么工作，不管你爱什么人，你心中都会有一份底气，不会没有安全感，不会害怕未来，不会被往事困扰。

作为一个作者，虽然我写书的目的是坚定读者的心，但写书的过程，却是在坚定我的心。而在坚定内心、坚定信念的路上，期待你和我一路同行。

目录
contents

// 浪人志：永远年轻，永远在路上　　**2**

因为我感觉小志越来越像我故事里的主人公，自由洒脱，勇敢无畏。他拥有一切我渴望拥有的气质。我不知道是我小说里的主人公化身成小志，来到我身边刺激我、唤醒我，还是小志看了我的书后，渐渐变成我故事里的主人公那样的人。

// 乐人赵：我怕一觉醒来已经被全世界遗忘　　18

赵进能够把摇滚乐做得那么好，也是因为他是真的绝望，不是装出来的，不管得到多少鲜花和掌声，都无法掩盖他骨子里的自卑和脆弱。

// 恶人舒：你有什么不开心的事情，讲出来让我开心一下　　30

后来回想起来，才明白，那天他是来跟我道别的，他那天凝重的神情，其实是想让我帮他拿个主意，结果我根本没有把他的事情当回事，他也就铁了心出去了。

// 痴人风：曾经沧海难为水，除却巫山不是云　　50

每次想起他们的故事，我都会觉得，有时候名利、财富、美貌，反而是真爱的阻碍。也许失去了这一切，人与人之间的心会靠得更近。

// 病人石：绝望的时候，请给我一颗糖　　82

我想起我们刚认识的时候，我就是喜欢她的头发，我盯着她的发梢看，她脸红着说被看得不好意思的样子让人沉醉，我当时真的是看呆住了。后来知道她也喜欢我的时候，我开心得想要飞上天和太阳肩并肩。

// 好人王：不求长命百岁，但求问心无愧　　96

而王德全，开着大卡车行走在异乡的时候，也许会有一场艳遇，改变了他的命运，也说不定。也许他这一生，就这样浪荡下去了。

// 贼人白：爱是相互扶持　　106

如果他仅仅是一个小偷的话，那么无论如何，这种人在敬而远之之后，就应该忘记的。偏偏他是一个有恩于别人的小偷，而且因为这点儿恩惠，他的后半生都被眷顾了。

// 童人麦：永远保持一颗童心不好吗　　**116**

所有人在年少懵懂的时候，都会经历垃圾恋爱，就像所有人年少的时候都会吃方便面和辣条之类的垃圾食品。在平淡无奇的岁月里，能有一包辣条刺激一下，已经让人很愉悦了。

// 游人宫：来呀，挥霍呀，反正有大把时光　　**130**

她跟我说，从那以后，她知道，无论一个男人看起来多么优秀，家境有多么好，如果他不能约束自己，那么一切都会完蛋。自制力是幸福的保障，再强大的爱情，也抵不住一个没有自制力的人的挥霍。

// 尽人孙：做一个可耻的另类　　**142**

也许是经历的苦难够多了，上天的考验也够了，他二十年前费尽心思想得到的一切，在二十年后不费吹灰之力都得到了。但是他的人生，已经被毁了。得到这些，并不能让他快乐。

// 懒人朱：给我一张大饼，我能吃成个胖子　　**154**

等我来了，我就坐在旁边。因为我话不多，
而且我们聊得来。过去我曾经写过一句话，
说两个人无话不谈，有时候不是酒逢知己千
杯少，而是一个话痨遇见了另外一个话痨。

// 艺人霜：我不是真的快乐，我的隔离霜、防晒霜、粉底液、遮瑕膏、
腮红、睫毛膏、眼影、眼线、定妆粉是我穿的保护色　　**166**

从某种程度上来说，她像个发光的小太阳，
所以没看到完整的日出，我也不遗憾，她是
唯一一个能让我输得心服口服的人。

// 离人胡：她们都老了吧，我们就这样，离散在天涯　　**178**

胡依依跟我说，人生在世，做想做的事情，
没有做自己擅长做的事情重要。很多人把自
己并不擅长却想做的事情标榜为梦想，然后
苦苦追求，自己得不到，也害苦了周围的人。

//宫主冰：我来到这个世界只为遇见你　190

真正相爱的人，不会因为生老病死而不爱，更不会因为出国异地而分开，所有分开的情侣，都是因为爱得不够。

//忍者颖：爱是恒久忍耐　200

那些波澜壮阔的，让我撕心裂肺的，让我觉得轰轰烈烈的女人和情感，好像并不适合我，也不能让我变得更好。这样一想，我就爱上了颖茹。爱上她之后，我才发现，她的优点真的好多。

//殊途皮：我们的命运都是我们的选择　218

那些一出道就受到万众瞩目的人，屈指可数，但这屈指可数的人，却成了大多数人的信仰。就像一百个有病的人去医院，只有三十个人被治愈了，大家就会相信，这个医院可以治好这种病。

//后记　232

浪人志：
永远年轻，永远在路上

　　因为我感觉小志越来越像我故事里的主人公,自由洒脱,勇敢无畏。他拥有一切我渴望拥有的气质。我不知道是我小说里的主人公化身成小志,来到我身边刺激我、唤醒我,还是小志看了我的书后,渐渐变成我故事里的主人公那样的人。
>>>

01

人的胆子会随着年龄的增长越来越小,年少时如果没有不顾一切地走出去,长大后顾虑会越来越多。就像我,现在有了钱,有了时间,却淡了那颗去行走的心。

因为感觉一切都没有吸引力了,万事万物都无法再让我提起兴趣。所以我也只能在午后的办公室里,回忆回忆过去。而第一个想起的,永远是小志,因为他完成了我没有完成的梦。在我们那批离开校园东游西荡的人里,只有他,一直在路上,不曾停下来,不曾离开。就像传说中的荆棘鸟,一生都在飞,都在寻找,当他停下来的时候,就是他要面对死亡的时候了。

02

我到成都的时候,已经快二十一岁了,也写了好多年小说,但读者很少,依旧需要靠打工来维持生活。

王小波说，二十一岁是人的黄金年代，那时候想吃，想爱，还想在一瞬间变成天上半明半暗的云。

所以尽管我在小餐馆打工，干一些洗碗端菜的工作，尽管我晚上住在已经被划为拆迁区的危楼的地下室里，只有水，没有电，但我一点儿也不觉得我的生活很糟糕，我甚至苦中作乐地把这当作生活对我的考验。

毕竟，"天将降大任于是人也，必先……"是我小时候就会背的话。所以尽管大任还没来，可能永远也不会来，但我还是信心满满地等待着。那时候和我一起等待的，还有几个从天南地北一起来到成都的小伙伴。

那时候的我们，有一个共同的爱好，就是不想回家。家在我们眼里，如同牢笼，父母就是看守我们的狱卒。包括学校也是牢笼，只不过狱卒变成了老师。我们不顾一切地逃出来，以为可以改变命运，结果，大都被命运搞得很惨。不过，小志不在惨人之列。

小志比我小三岁，人很瘦，刚从学校出来的时候头发很短，后来渐渐留起了长发。整个人的气质，也从像工厂里批量生产的模型，变成了疯狂生长的杂草，文艺的杂草。

我二十一岁的时候，他刚刚十八岁，在读高中，看了我写的《谁的青春伴我同行》，特别向往书中主人公苏然的人生，退学，行走，还有无数个美丽的女朋友。

大家都知道，小说和散文不同，小说大都是虚构的，所以当小志受到我小说的蛊惑退了学并且找到我，质问我为什么我的生活跟小说里描述的不一样的时候，我哑口无言。

还记得那天，我盯着他纯粹的脸，看着他天真稚嫩的眼神，我第一次觉得我像一个骗子，我编织了过于美好的梦，原本只是为了让他们作为苟且生活中的消遣，可是他却当了真，一定要来追梦，一定要来听梦想破碎的声音。

但是小志没有怪我，尽管受到了小说的欺骗，但既来之，则安之，学校和家里他本来就不想回去了，虽然看不到未来，但留在外面对于他来说，总比留在家里好过些。物质上的匮乏带来的是精神上的无限自由。

看到他的偶像都在餐馆里打工，小志就跟随我一起，在餐馆里洗起了盘子。和喜欢独来独往的我不一样，小志到成都后没多久，就交了一群朋友，当保安的、推销信用卡的、做房产中介的、卖保险的，甚至是桑拿妹和不良高中生。每个月我一拿到工资，就会存一些，留作去下一个城市的经费，小志则是全部拿来请大家吃饭，因为工资低，也去不了高档的场所，只能在小区对面的夜市摊子上，吃一碗炸酱面，喝点儿冰镇啤酒。

他喜欢跟一群人在一起的那种感觉，喜欢李白的诗里描述的那种豪迈——"五花马、千金裘，呼儿将出换美酒，与尔同销万古愁。"

他到成都投奔我的第四个月，带了个女孩回来，女孩叫素素，很漂亮，很温柔，那天晚上看到我们简陋的住所的时候，她一点儿也不嫌弃那里的阴暗潮湿和发霉的味道，甚至不嫌弃那里没有厕所，没有灯。那一晚，她住了下来，而除了小志之外，我们剩下的人，都爬上了拆迁房的顶楼，以天为被，楼顶为床，因为喝了啤酒，大家睡得都很酣畅，只有我失眠了。

因为我感觉小志越来越像我故事里的主人公，自由洒脱，勇敢无畏。他拥有一切我渴望拥有的气质。我不知道是我小说里的主人公化身成小志，来到我身边刺激我、唤醒我，还是小志看了我的书后，渐渐变成我故事里的主人公那样的人。

或者说，他是在向我证明，他可以把生活过得像故事一样。他是在向我证明，尽管我书中写的是虚构的，但世界上真的有人，过着我虚构的那种生活，只不过那个人不是我，他只是有点儿失望那个人不是我。如果那个人是我，他可能会觉得他找到了同类。因为我的虚构、我的不够勇敢，他需要继续寻找他的同类。

03

和所有的年轻女孩一样，素素不追求物质，只要男朋友乐观上进有趣就足够了。没遇到小志的时候，素素每天学外语，看小说，看电影，听音乐，把自己打扮得漂漂亮亮的，等待命中注定的那个人到来。

和小志在一起后,她彻底改变了自己,过去从来不吃路边摊,嫌弃所有来路不明的食物的她,因为对小志的热爱,开始跟我们坐在一起大口喝啤酒,大口吃烤串。能够和小志在一起,她忍了太多,或者说所有难以忍受的,只要看到小志那张笑脸,就消散了。

有时候早上起来,看到小志和她一起在废弃的花坛边,接自来水刷牙,彼此往对方身上洒水的时候,我会觉得心疼,想起年少时,被我辜负过的那些姑娘。我会担心,还没有完全成熟的小志会像我当初一样浑蛋,稀里糊涂地就把真爱错过了。

那时候的小志,就像曾经荒唐的我,只想把生活过成诗,玩心大过一切,有趣有余,上进心则是严重不足。他给素素的感觉不是我现在穷,以后会有钱的,你跟着我早晚有肉吃。

他给所有人的感觉都是,"我估计这辈子就这样了,我这种人永远不会发大财,我也不想发财,过得开心就好了"。今朝有酒今朝醉,明日愁来明日忧,虽然看着潇洒,其实却是在逃避现实。逃避连他的偶像我,都要被摧残得捉襟见肘、窘迫不堪的这个现实。

厌恶校园,追求梦想,找到了偶像,却发现一切都跟他想的不一样。他表面上坦然接受,和我一起吃饭、聊天、看书、打工。但内心深处却非常排斥,他讨厌这种一成不变的生活,他感觉这像是从一所学校,到了另一所学校。从一个小牢房,到了一个大牢房,从本质上说,他还是囚徒,还是不自由。

所以当素素把积攒了几个月的工资给小志,希望小志辞了工作做点儿小生意的时候,小志提出了分手,小志觉得,两个人道不同早晚要掰,与其等到以后感情淡了掰,不如欢快的时候就分了,以后回忆起来,还能有点儿嚼头。

素素不理解,反问他:"我没有你,原本可以活得更自在,都是因为你,我的生活才过得捉襟见肘,可是你就这样对我?"

小志笑道:"我难道不是因为你,才被束缚在成都,如果不是因为你,我早远走高飞了。"

素素赌气道:"那你就走,我不拦着你,你去你想去的地方,免得以后后悔了又怪我。"

小志不再言语,第二天还真的走了,骑着他用洗盘子赚来的工资买的摩托车,一路向西,经大理,到香格里拉,再到拉萨。

快到拉萨的时候,车废了,小志便舍了车,搭乘过路车继续走。没钱的时候,就和乞丐、流浪歌手们混到一起,他们一起蹲在马路边,弹着破旧的甚至断了弦的吉他,大声唱歌,祝福路过的所有人。他性格爽朗,很容易交到朋友,朋友有口饭吃,便不会让他饿着。这些都是小志后来告诉我的,当时他走得冲动,根本没有来得及跟我们道别,甚至连素素,都觉得他只是赌气出去玩几天,很快会回来的。

素素的工作是在五星级酒店一楼柜台旁边的小桌子上卖机票，每个月固定的三千五百块工资。在没有遇到小志之前，她的钱全用来买护肤品，买衣服，买包包，买书，买电影票，买乐队演出门票。

遇到小志之后，钱都用在了小志身上，等到小志赌气离开，她的钱就全用来养我们这群乌合之众了。

说是养，也有些夸张。因为我们各自也有琐碎的工作，但因为心怀大梦想（也可以说是眼高手低），做日常工作的时候都不认真，也就很难做出效率，最终不但赚不到钱，还经常被老板炒鱿鱼，所以一个个都非常贫穷，饿肚子是常有的事情。

素素在小志离开后，每天都会到我们的住所看看小志回来没，看到我们一个个在房间里发呆，近似失恋的她为了调节心情就会请我们吃饭，基本上都是吃炸酱面，三块五一碗，但对于那时候的我们来说已经是美味佳肴。

在炸酱面之外，油盐酱醋、咸菜萝卜干和大蒜都是免费的，我们都会加上满满的、免费的佐料，如果心情好还会凑钱买两瓶啤酒，大口吃面，仰头喝酒，几个人喝一瓶，当时不觉得，现在回想起来，莫名有种不亦快哉的感觉。

有将近一个月的时间，我和另外一个鼓手朋友都是靠着素素每晚一顿的炸酱面而没被饿死的。我在那个月写了好多小说，拿到稿费后成功搬离。毕竟我虽然没有小志那样有魄力，随时可以舍弃自己的一切。但是作为一个曾经指引过他的人，我还是有点儿追求的，也许我不能一直在路上，但我肯定会一直写作。

而那个鼓手朋友，也在若干年后因为一首歌在选秀节目上被翻唱而受到关注，现在已经红得可以在北京工体开演唱会了，关于他的故事，留到以后再说。

离开地下室那群心怀大梦想、不务正业的文艺青年后，我听说素素每天还是会去等小志，还是会请混在地下室不得志的朋友们吃炸酱面，但小志再也没有出现过。

素素曾经跟当时住在一起的朋友说，她攒了一笔钱，本来想进点儿货，白天上班，晚上和小志一起去地下通道或者广场上练摊的，结果小志却走了。她还设想过，两个人赚钱了，买一所房子，生两个孩子，一男一女，她甚至给他们取好了名字。可是小志却走了。

她设想的未来现实具体，是切切实实的幸福，可是小志那时候意识不到，还觉得两个人道不同，迟早要分开。而素素不觉得小志有什么错，只是觉得，可能是她还不够好，无法活成小志幻想的那个样子。而小志幻想的生活是什么样子，连他的偶像我也不知道。对于我们这种人来说，有时候就是喜欢作践生活，作践真爱，作践自己，好像这样才能开心一样。从离开校园的那一刻起，我们就在放逐自己，我们渴望爱，真得到爱了又会质疑爱，恐惧爱，拒绝爱，觉得爱是最大的束缚。

当小志再次联系我的时候，已经是十个月后。他说他在拉萨，其间还在新疆和三亚待过一阵。他联系我，是因为有个去四川甘孜藏族自治州色达县五明佛学院做俗家弟子的机会，他打算跟我一起去，问我有没有时间。

在他看来，这种不花钱还能学到东西的机会，我一定不会放过，一定会欢呼雀跃在甘孜跟他碰面，结果我却拒绝了。

十个月的时间，我谈了恋爱，还在杂志社找到了一份稳定的工作。我变成那种有时间的时候没钱、有钱的时候没时间、有钱有时间的时候没心情的人，根本不可能选择长时间地待在甘孜那个与世隔绝得连手机信号都没有的寺庙里。

我回绝他的时候，我知道他很失望。我知道在他单纯纯粹的心灵里，我们的友谊受到了考验。他可能觉得我日子过得好了，就不愿意和他这样的浪荡子在一起玩了，或者觉得我已经背叛了我们当初"永远年轻，永远在路上"的信念。他觉得我没救了，被生活征服了。

而我呢，也懒得解释，我甚至觉得，迟早有一天，他也会像我一样，就算不完全向现实妥协，也会被现实折磨得面目全非。现实怎么可以允许有人自由洒脱无拘无束一辈子呢，那只能是梦想。疯狂如我，也只不过是在我的小说里过把瘾，真放到现实里，三天不吃饭，就会动摇我的信念，就会停下我上路的脚步。怎么可能会有人，为了在路上而一直在路上呢？

04

在寺庙修行的那段时间，小志写了一本书，写完之后寄给了我。他刚到成都的时候，跟我聊过他想写作的问题，我看了他平时写的词不达意的矫情文字之后，就建议他把写作的事情放一放，先多读书，多行走，肚子里有东西了，再往外倒。他倒是也听话，自那以后再也没写过。

等到了寺庙里，因为与世隔绝，没有网络，没有信号，以及听不懂方言，他觉得非常孤独，就开始记录僧人的日常和一些僧人朋友的经历，最后还写了他在拉萨做义工，在去新疆的路上搭车以及跟歌手一起乞讨的事情。

比起他刚到成都时给我看的那些矫情文字，在经历了行走和修行之后，他的文字从词不达意变得非常精准，风格也从无病呻吟的矫情变成了言之有物的潇洒。

读了他写的东西，我甚至反过来开始有些向往他的生活了，好像我们调换了彼此的身份，他成了讲述者，我成了阅读者，而且他笔下那种清净的、孤独的状态，正是我曾经向往的，想去体验的那种。

那时候刚好豆瓣在举行原创文学大赛，我就建议他投稿试试，没想到一投便中,很快就拿了奖出了书。

比起我读了多年,写了多年,艰辛出道的历程,他要比我顺得多了。我在电话里祝贺他,说三十年河东三十年河西,我这个前浪就要被他这个后浪拍在沙滩上了。他只是腼腆地笑着让我不要夸他,他知道自己的水平。

小志出书后不久,我就辞了工作,又回到了路上。除了知道写作的人不能一直过僵化的生活之外,我是有点儿不服气,我的粉丝怎么可以比我写得还好,只是因为他过上了无拘无束的生活,有了独特的别致的体验?如果是这样的话,为了写出好小说,我也甘愿牺牲稳定的生活。

但让我意外的是,自此之后,小志再也没有写作过。

用小志的话说就是:"我因为自由,而离开学校投奔你,因为你,而打算尝试写作养活自己。为了写好,我听你的话去行走去经历,最后我发现,我爱上了行走,远胜过写作。如今已经出了书,关于写作的所有梦想我便全都实现了,我要用更多的时间去行走。"

05

少了一个人跟我抢写作这个饭碗,我是喜大于悲的。而且我也是在追求音乐梦想的时候,发现了自己的写作特长。从这一点上说,小志跟我还是一类人。或者说所有特立独行的人,都是在不断尝试中,找到适合自己走一生的路的。

遗憾的是小志自此彻底远离了写作,而我在不久之后就彻底告别了在路上的生活,我们能够聊的话题越来越少,有时候隔几个月才聊那么一次。聊的内容庸俗得到后来我们都不想聊了——怎样赚钱,怎样在旅行和写作之外,赚到更多的钱。

当然,除了赚钱之外,我们每次聊天的内容,都与西藏和在路上有关,例如他跟朋友一起做起了藏饰文玩的生意,赚了一大笔钱,想邀请我一起做生意,问我去不去拉萨。

我说不去。

类似他和朋友一起开了家书店,需要一个店长,问我有没有时间去。

我说不去。

类似他把书店扩建了,一半的面积用来做饭店,问我要不要尝尝他新学的厨艺。

我说没有时间。

类似他开始做冬虫夏草的生意,赚的钱越来越多了,突然有点儿怀念在成都一起吃炸酱面的生活,问我还有没有素素的联系方式。

我说没有。这个是真没有。

写这篇文章的时候，我想起来我们已经快一年没有联系了，他不再邀请我去拉萨，我的生活中也不会因为有他而变得不同。一开始我不愿意接受他的邀请，只是碍于我曾经是他的偶像的这一身份，后来，则是我觉得他有点儿故意在炫耀他过得比我潇洒了。当然更多的原因是我们有了完全不同的生活圈子，我已经无法适应他说的那种生活方式，他也不理解我在我的生活圈子里有什么乐趣。

我们都做着我们认为对的事情，走着我们认为对的路，或许不去打扰彼此才是最好的相处方式。但我仍旧不愿意相信我们已经这样陌生了，我在夜深人静的时候给他发微信，说过几天我打算去拉萨，到时候可以一起喝啤酒弹吉他了。

过了很久，他才回了一句："我在加拿大的贝尔维尔钓鱼，要是我回国时你还在拉萨，确实可以聚一聚。"

我盯着屏幕看了很久，没有再回复。我们的生活越来越远，他这么长时间没有来找我，我主动找他时他也没有惊喜，我想这个骨子里和我最像的朋友，可能终于从害怕孤独，过渡到了直面孤独，也许很快，他就可以享受孤独了。或者他已经在享受孤独了。

而我，只能默默祝福，祝福他去往更多更远的地方，看到他还在行走，就像在苟且的生活中看到诗和远方。

或许我们都一样，总是在弄丢了爱情之后，才明白珍惜爱情。在弄丢了友情之后，才明白有些话说出来就收不回了，有些人离散了，就再也聚不到一起。山高路远，只能彼此祝福了。

乐人赵：
我怕一觉醒来
已经被全世界遗忘

　　赵进能够把摇滚乐做得那么好,也是因为他是真的绝望,不是装出来的,不管得到多少鲜花和掌声,都无法掩盖他骨子里的自卑和脆弱。
　　>>>

01

第一次听赵进的歌的时候,我才十五岁,按照现在的说法,我是他的迷弟。我的文字风格三大构成之一(诗,摇滚乐,古龙和王小波的小说)中的摇滚乐,指的就是他。

如果不是他人到中年、过气、发福、谢顶,彻底退出了娱乐圈,以我现在的成就,其实很难跟他做朋友,因为关系不对等是聊不到一起的,除非一方可以恭维另一方,而我又是个讨厌虚假敷衍和恭维应酬的人。

在讲赵进的事情之前,先谈谈欲望。人人都有欲望,只不过强大的人知道如何控制欲望,弱小的人被欲望吞噬,成了欲望的奴隶,成了可笑的存在。

成名、拜金、性、赌,对于有些人来说就像深渊,跌进去,就很容易万劫不复。这辈子都不能轻易尝试,许多人就是带着好奇心,尝试着尝试着,就无法自拔了。

而且人的欲望只能由个人的内心控制,别的人谁也无法左右你的内心。连岳有段话说得很对:"一个人的自制力,是家庭幸福的保障。这样的人,不会放纵情绪,也不会被恶习绑架。两个有自制力的人相爱成家,很容易幸福。否则就危机重重,过几年,吸引你的皮相一消失,家庭里充斥着极端言行,平安度日都成问题。"

赵进的一生,就毁在了放纵情绪上,虽然大口喝酒,大块吃肉,高兴时放声大笑,难过时可以旁若无人地在街头哭泣,被很多人视为真性情。

但其实这样的人,都是不会控制情绪的人,都很容易沦为情绪的奴隶,都太自我,都不喜欢通过沟通交流来表达自己。

写这篇文章的目的,就是希望被这样的人看到,早点儿学会控制情绪,避免等到失去一切时,还觉得是上天注定的。其实没有什么是上天注定的,事在人为,就算有三分天注定,也要七分靠打拼。

02

曾经我也是个不会控制情绪的人,所以才会被赵进的音乐吸引,觉得放纵情绪是一件轻松愉悦的事情,因为生活中来自方方面面的压力太多太大了。年少的我,觉得自己根本承受不来。

听摇滚乐，感受那比自己悲伤、绝望、愤怒一万倍的摇滚乐，会有种惺惺相惜的感觉，觉得这个世界上，不是自己一个人这么孤独绝望。

赵进能够把摇滚乐做得那么好，也是因为他是真的绝望，不是装出来的，不管得到多少鲜花和掌声，都无法掩盖他骨子里的自卑和脆弱。所以摇滚乐是最适合他的表达方式，他的情绪在摇滚乐里宣泄得淋漓尽致。他与摇滚互为一体，相得益彰。

那时候很多人崇拜他，有无数美女、鲜花和掌声，声嘶力竭的哭喊尖叫与推崇，以及演出结束后，追了几条街都不松懈的歌迷自驾车。甚至明星都是他的粉丝，都主动追求他，为他痴狂。烈火烹油，鲜花着锦。赵进却觉得，这一切都是假象，都是暂时的，都是过眼云烟。他在事业的最顶端，却担心自己一觉醒来，就被整个世界遗忘。

会有这样的担心，跟赵进的成长经历有关，他从小就被父母寄予厚望，父母希望他能努力努力再努力，改变家庭现状。

他们家七个孩子，六个都是女儿，生出他这个儿子的时候，父母才觉得完成了传宗接代的任务，但是那个年月，要养活七个孩子，太难了。而赵进的父母，又不愿意把自己的骨肉送人，最后的结果就是每个孩子成长期都吃不饱，个个面黄肌瘦，营养不良。

从那时起，赵进就在家人的期望下成长，这种期望是无形的压力,众星捧月让一个人感受到重视和幸福之外,多了一份压力和承担,这种承担对于童年的他而言,是一场魔障,无法摆脱更无法逾越。人生就此开始。

作为唯一的儿子,家里给了他上学的机会,其他的孩子,都需要在家粘火柴盒贴补家用。

看上去赵进比六个姐姐更幸运,可是毕竟是用六个姐姐的前途换来的上学机会,他感受不到快乐,感受到更多的是压力,觉得自己一旦学不好,就愧对家庭,愧对姐姐们。

很多年后,姐姐在与他的一次闲聊中说,那时候,每天看着他背着书包的身影消失在远方,她羡慕不已,她相信这个弟弟可以改变整个家庭的现状,让家人的命运得以改写。可是走在前方的赵进却告诉我,那个时候,自己的内心负担重重,灰暗阴霾。

每次考试他都很努力,但是家里对他的要求也很高,就算是考了 100 分,妈妈还是会挑剔他的卷面,说老师偏袒他,光是卷面不干净,就得扣 5 分。

在这样的成长环境里,赵进永远惴惴不安,永远带着一颗等待被训斥的心,永远焦虑,永远没有安全感。

如果小时候爸妈和姐姐们,或者老师和同学,多给他一些鼓励和肯定,多给他一些掌声,也许他长大后就不会那么不自信。

03

我第二次退学的时候，赵进离了婚，和一个曾经深爱他的女人。离婚的原因很简单，就是结婚前，赵进功成名就，万人敬仰，老婆是个普通人。结婚后，老婆也开始跟着他搞音乐，并且成功超越了他，如果换成别人，可能会欣喜，毕竟是自家老婆。可是换成赵进，他感到的是深深的自卑，老婆的过分成功，让他丧失了安全感。

尤其是在国外的时候，有几次他和老婆一起去参加聚会，别人都不介绍他，介绍完他的老婆后，只附加一句"这是某某某的老公"就完事了。主持人介绍到这里便戛然而止，自己脸上的微笑刚准备好，这边好似已经撤去了照在脸上的追光。曾几何时，别人对待他和老婆的态度反过来了。

一开始并没有觉得什么，只是稍显失落，妻子的成功与有荣焉。时间一久，冷板凳越坐越凉，看着台下的媒体和观众，僵持着脸上的笑容挥之不去，内心渐渐冰凉，落到了谷底。自尊心的丧失，让他找不到自己的存在感和自己的位置。于是每次在外面受到区别对待后，回到家里，他就用恶言恶语来考验老婆对他的爱。久而久之，他老婆终于忍无可忍，不再跟他一起出席任何公开聚会。

但自尊的天平一旦打翻，不是逃避就可以解决的。越逃避，问题越多，他觉得过去他老婆总是黏着他，现在她红了，就开始躲着他自己玩了。他觉得老婆变了，变成了一个虚荣可怕的人。于是他提出了离婚。

第一次离婚的时候，赵进还没意识到自己的问题，毕竟还是有一些迷妹很喜欢他的，很快他又结婚了。

但是自尊心的问题不解决，就没法跟人长久相处，因为恋人在婚前婚后态度的改变，让他渐渐觉得婚姻都是阴谋。所有的女孩子，都只是为了他的名望和金钱跟他结婚，一旦结婚后，就会显出真面目，不再对他恭维备至、崇拜有加。不久后他再次离婚，然后再结婚又离婚，重复了几次，他终于厌倦了，人也渐渐苍老了。

我是因为一次杂志采访认识的他，那时候我们还不熟，但是对音乐，我们有很多共同的观点，而且我能够对他的音乐信手拈来、倒背如流，让本来已经拒绝媒体采访的他，对我网开了一面。

我到现在都记得他当时对我说的一句话——"我这辈子，成也情绪，毁也情绪。如果不够情绪化，也许做不出那样的音乐。但太情绪化了，就无法正常地生活了。"

04

我真正和赵进熟悉起来，是我到北京工作以后。因为房租太贵，我把房子租到了顺义的郊区，每天倒三趟地铁上班，6点起床，9点还在上班路上，每天都累成狗。

好巧不巧的是，赵进刚好是我的邻居。所以上班虽累，下班还是充满期待的，每天到家之后，我都可以去他的院子里坐一会儿，跟他聊聊人生。

院子里有四五张躺椅，他总是在固定的躺椅上看书。等到我回来了，他就把圆桌搬出来，有时候还会拿出一些自己鼓捣的糕点，一边吃，一边聊，一边下象棋。

很难想象和任何退休老头的生活没什么两样的他曾经拥有过几套北京市中心的房子，有过豪车，在几个景区有过别墅，最后全败掉了，只剩下郊区这个小四合院。

我刚知道这一切的时候，还劝他复出，以他当年的名号，开个巡回演唱会，随便也能再赚几辆车、几套房。

但是他只是笑笑，没有回答我，过了很久，熟悉了，他才跟我说，他经历过家财万贯，也经历过门可罗雀。发达的时候，无数公司老板给他送钱，送卡，送车，送美女。落魄的时候，连吃碗牛肉面的钱都没有。只能看着牛肉面店的招牌咽口水，一天一顿饭地挨下去。

经历了人生的大起大落之后，他对名利富贵之类的，看得很淡，既然得到最后都是要失去，何必还要辛苦得到，更何况他已经不年轻了，更需要修身养性，安度余生。

虽然年龄上有差距，可是因为我象棋下得好，赵进又热爱象棋，所以我们俩也算是投缘，不管聊什么，都不会聊翻脸，我也因此洞悉了他更多的人生智慧。

比如说有一次他坐公交车被偷拍,大家拿出他年轻时的照片,和他现在秃顶的样子比,说他自从离了婚,离开了娱乐圈,整个人就废掉了。有嘲讽也有惋惜。

我当时问他为什么不辩解,明明过得很好啊,明明过得很开心自在啊,明明比大多数人都幸福,比写新闻稿的那些人都自在,为什么要忍受这样的非议。

他说:"你知道的,比让人看不起更难受的滋味,是让人同情。我已经不再是公众眼中幸福人生和成功人士的标杆了。我在违背他们的路线,过我自己想过的那种人生。那些俗人是不理解的,现在他们看不起我也好,同情我也罢,都不过是突然闯入了我的生活,看到了自己接受不了的东西,然后给自己增加点儿谈资罢了。如果我去辩解,就变成了跟他们一样的人,这个事情就过不去了。而且我现在这个样子,确实没有当年帅气,我若公开露面,那所有的嘲讽都变成了同情,那就更得不偿失了。"

有着自己的人生见解,对一切事物,都有自己的评判尺度,不盲从,不气馁,偶尔还能自嘲,这是我最欣赏赵进的地方。

也许他失去了香车美女,失去了物质社会里大家崇尚的一切,但是他得到了精神上的空前自由和幸福。他还在做音乐,但是风格大变,不再颓废绝望,不再被情绪控制。

他变成了情绪的主人,不仅仅是你很难再激怒他,而是很难再有什么事情能够让他不开心,让他纠结失眠。

是得到成功的人生,但是不自信不快乐好,还是享受平淡的人生,自信快乐好?我觉得是后者,不信我们可以回头想想国荣哥哥,再看看赵进,也许你不知道赵进是谁,但是你肯定知道朴树,朴树一沉寂就是十年,十年里默默做音乐,不也是很快乐自在?

很多时候,平淡就像粥,味道淡,但是养胃。浮华就像肉,吃起来香,但是毁身体。写到这里,就想起朴树的那首《平凡之路》——
我曾经跨过山和大海,也穿过人山人海。我曾经拥有着一切,转眼都飘散如烟。我曾经失落失望失掉所有方向,直到看见平凡才是唯一的答案。我曾经毁了我的一切,只想永远地离开。我曾经堕入无边黑暗,想挣扎无法自拔。我曾经像你像他像那野草野花,绝望着也渴望着,也哭也笑平凡着。

乐人赵：我怕一觉醒来已经被全世界遗忘

恶人舒：
你有什么不开心的事情，
讲出来让我开心一下

　　后来回想起来，才明白，那天他是来跟我道别的，他那天凝重的神情，其实是想让我帮他拿个主意，结果我根本没有把他的事情当回事，他也就铁了心出去了。

>>>

01

小时候看电影版的《青蛇》，看到白素贞终于变成了人，又死在自己引来的大水中，觉得这是个悲剧，又极端地讽刺。

悲剧就悲在相爱的人不能好好相爱，非要有法海这样的人来拆散。讽刺的是，这些人最后之所以悲惨，只是因为贪婪。

在《青蛇》里，白素贞不珍惜自己的千年修行，非要做人，羡慕人的好，简直就是不作死就不会死。法海不好好做人，非要成佛，最后害人害己。许仙做人就做人吧，爱了白蛇，还喜欢青蛇，太贪婪，就都得不到。

如果一开始就珍惜自己已经拥有的，修行的好好修行，做人的好好做人，谈恋爱的好好谈恋爱，就不会有悲剧了。

但人世间的事情，十之八九是无法尽如人意的。就是有一些人，不管情愿不情愿，天生就是折腾的命，无法按部就班地过好一生，比如我的小学同学恶人舒。

02

恶人舒原名舒子敬，算是从小跟我一起长大的小伙伴，也是第一个跟我有过生死之交的小伙伴。

说是生死之交，其实有些夸张，因为那时候我们还年少，初生牛犊不怕虎，无知者无畏，根本不知道我们曾经离死亡那么近。

那时候我还在农村，周末无所事事，就和舒子敬一起去河里捉鱼。我们带好了捕鱼用的小渔网和装鱼的瓶子，结果到了河边才发现，河道已经干枯了。

现在回想起来，那是全球气候变暖、环境恶化的最初征兆。在那以前，一到夏天，离我家不远的小河总是会涨水，你只需要拿根木棍戳在水里，上流的鱼顺流而下的时候撞上木棍后就会弹到岸边，你就可以捡起来拿回家让妈妈做炸鱼给你吃了。有时候还能遇上上游瓜田里冲下来的新鲜的西瓜，直接就可以砸开吃了。

从河道干枯那一年开始，雨水就再也没有充沛过。但那都是后来的事情了，当时我和舒子敬只是郁闷没法抓鱼了，一点儿也没有意识到这种反常的现象是大自然生病了。不过好在河道还是湿润的，大石头下面还有螃蟹，有些聚了水的浅滩上还有虾。

我们沿着河道走,一边走一边看哪些石头下面藏了螃蟹,不知不觉就走到了一个深潭旁边。河道断流了,但潭水还是很深,过去因为河水湍急,我们根本到不了潭边,这次到了潭边,我们就想好好玩一会儿。

这个深潭,有无数个关于死人的故事,反正都是大人拿来吓唬小孩儿的。有人说水底下有妖怪,在这里洗澡会被抓住脚。也有人说水底下有吃人的水草,溺水的人都是被水草缠住了。还有人说水底下有一条大鱼,人到了这里会被整个吞进去。

我小时候很怕这些故事,所以到了潭边也只是远远地玩,根本没想过要下去洗澡,毕竟不管大人编造的故事是真是假,潭里确实淹死过人。死过人的地方,总是让人感觉不舒服。

舒子敬比我胆子大一些,但他也不敢下水,他只是在潭边的草丛里扒拉,说草丛里的花开得好看,想采回去放在家里的花盆里养着。

岸边的草丛有半米深,舒子敬扒拉了半天才找到一朵鲜艳夺目的花,他叫我一起去采,我寻思反正也不下水,采一些漂亮的花,回家妈妈可能会表扬我,晚上可能还会烙我最爱吃的薄饼奖励我。

结果刚到他身边找到一朵花,还没等我弯腰去拔,就听到舒子敬嘀咕了一句:"小心你脚边有蛇。"

我童年生活的那个地方,经常可以看到蛇,有时候睡午觉醒来,会发现蛇就在你枕头边跟你一起睡觉。只是那些蛇都是无毒的，虽然是冷血动物，但只要不接触到肉体，我也不是特别害怕。

不过我只是不怕蛇而已，并不敢去抓蛇。而舒子敬则是一个让蛇害怕的存在，他亲手抓过很多蛇，或者拔了牙抽了芯子放在女生的文具盒里吓唬女生，或者放在拖拉机的烟筒里看蛇被冒出的烟熏黑了，喷上天。

反正都是些无聊的恶作剧，最过分的是有次他把活蛇放在了一个女生的帽子里，蛇不安分，顺着帽子爬到了女生的脖子里，那个女生被吓得住了院，舒子敬家里赔了人家好多钱，但他乐此不疲。

所以当他说我脚边有蛇的时候，我觉得是恶作剧，立刻回击道："你脚边才有，你看，又粗又大。"他笑了，头也不回地说："你脚边那条是金色的蛇，还是毒蛇，小心了，被咬一口你就别想娶媳妇了。"我一边听着他的玩笑话，一边拔下了那朵漂亮的花。后来读了一些武侠小说我才知道，色彩艳丽的植物旁边，或许会有毒虫猛兽守护。

当时年纪小，根本没想太多，等到我拔了花要转身的时候，才发现脚边的草在动。我凑近一看，妈呀，真的有一条手臂粗的蛇，在围着我的脚盘圈，眼看已经盘了第一圈，过不了多久我就会被它死死缠住。

说时迟，那时快。

我大叫一声"真的有蛇",然后就从蛇盘的圈里跳了出去,跳下去就是干涸的河道,我不敢停留,一口气跑出二十多米。

幸好及时发现了蛇,我反应也快,没被它咬到。当然也可能它的饮食习惯是先缠死了猎物再下口,所以没缠死之前,它对我大意了点儿。

我跳下来的时候,舒子敬也跳了下来,他见多识广胆子大,但毕竟还是个孩子,我叫得那么大声,他也怕了,就跟着我跑。

跑出二十多米后,我们回头看,那条蛇居然追了上来。过去我们也见过蛇,蛇都是躲着人的,只要看到人,它们就想找个地缝钻进去。可是这一次,这条三角头、眼冒金光的大蛇,居然昂起头,盘旋着,快速地追赶着我们。好像已经把我们当作它冬眠的食物了。

关键时刻,还是舒子敬反应快,他追上我后,抓着我的手就跑到了对岸。在河道里跑,蛇很容易追上我们。但是到了河岸上,蛇不会跳高,就慢了我们一大截。

按照我的打算,一口气跑回家就好了。但是舒子敬却觉得,这条蛇欺负我们是小孩儿,没咬到我们还追我们,简直欺人太甚,他要报复。

距离远了,恐惧就小了,舒子敬说要回击,我就跟着他冲追我们的蛇扔石头。人类比动物高级的地方就在于人类会使用工具。

我们没有毒牙，我们可能也跑得不快，但是我们可以运用一切工具。蛇可能也被我们的反击弄蒙了，在我们扔了几块石头后，它停了下来，一边不怀好意地看着我们，一边吐芯子。

局势陷入了胶着状态，它一时攻不到河岸上来，我们也一时瞄不准它，扔到河道里的石头伤不到它。它可能打算等我们扔累了继续追我们，或者是在找我们的弱点和空当，好一击毙命。

03

就在我愣神想该怎么办的时候，舒子敬抱起一块大石头冲向了河道，在离蛇只剩下两米处他用尽全力把石头扔了过去，不偏不倚，石头正砸在蛇头上。

蛇受了伤，但没有死，为了挣脱头上的石头，它死命地扭曲挣扎。现在回想起来不觉得可怕，当时我真觉得舒子敬牛气，万一一个不准没砸到蛇，蛇扑上来咬他，他可能就躲不过去了。

趁着蛇被压住了头动弹不得，我们就搬着石头往压着蛇头的那块大石头上砸，一直砸到蛇彻底不动了，我们也累了，满头大汗，像是在鬼门关走了一圈。

那是我第一次面对生死，而且不是一个人面对，那种同生共死的感觉，我很多年后才体会到。当时内心还是带着恐惧，迟迟不敢掀开那块压着蛇头的石头，怕蛇只是装死，怕它突然跳起来咬我们一口。

最后还是舒子敬用我们本来拿来抓鱼的渔网的杆子，捅开了那块石头，看着被砸得稀烂的蛇头，我们才算是松了口气。

那条蛇是我见过的最大的蛇了，后来在衡山也见过一条那么大的，手臂粗，近两米长。比这更大的蛇，我都是在动物园看到的，或者就是电视里，水漫金山的白蛇。

我们杀了大蛇后，就耀武扬威地挑起蛇尸往家里走。半路上遇到另外一个同学，那个同学家里穷一些。我和舒子敬周末都是聚在一起玩耍，捕鱼捉虾也是嬉戏。那个同学则是为了温饱。

他家里有五个孩子，太穷了，每个孩子都吃不饱，他就只能经常出来偷东西吃，有时偷人家一个红薯，有时掰人家一穗玉米。见到我们挑着大蛇后，他的第一反应是："这么大的蛇，够我们三个大吃一顿了。"

在遇见他之前，我们压根儿没想过，蛇可以吃。我们吃过螃蟹和虾，甚至吃过青蛙的大腿和蝎子，但是蛇，我们过去都觉得很恶心的。

"蛇肉非常好吃，真的不骗你们，我吃过的最好吃的肉就是蛇肉了，比牛肉鸡肉猪肉羊肉好吃一万倍！"那个同学流着口水说道。

"那比鸽子肉呢？"舒子敬半信半疑地问道。

"我爷爷养的鸽子原来是被你偷吃了!"我无意间发现了个惊天秘密。

"肯定比鸽子肉好吃,不信我们现在就烤来吃!"那个同学已经急不可耐,完全忽略了我说的话。

"蛇是我们捉的,烤蛇的话,烤好了我来分肉,你负责找柴草。"舒子敬同意,而我还在想回家了要不要告诉爷爷他那些鸽子的下落。

04

半路遇到的同学,抱来了一堆玉米秆,然后把蛇扔了进去,可惜火刚燃起来就被蛇扑灭了。它虽然没了头,但身体还能动,神经还活着。

我已经懒得管他们了,虽然折腾了半天我也饿了,但对蛇的恶心还是远远大过对吃蛇肉的好奇心。而且我很担心,这种一看就是有剧毒的蛇,就这么烤了吃,不会中毒吗?

我的人生无须证明给你看 >>>

如果没被蛇缠死、咬死,最后却因为吃了蛇肉被毒死了,那也太乌龙了。我这样胡思乱想的时候,他们俩已经搬了一座小山那么高的一堆玉米秆。

然后继续点火,扔蛇。这一次,面对熊熊大火,蛇神经再多也无能为力了。不过我们三个谁也没有因此而开心起来,因为火势太大,附近的草木也被点燃了,为了避免引发火灾,我们只好拿脚踩火,忙得手脚并用,才算是把大火控制在一个小的范围内燃烧。

因为燃料太多,等到大火燃尽的时候,我们已经找不到蛇了。可能被烧成灰了,也可能自己跑掉了?因为猫据说都有九条命,蛇比猫厉害多了。

很多年后看《白蛇传》,看《新白娘子传奇》,看李碧华的《青蛇》,我总会忍不住想,当年我杀死的那条蛇,是不是白蛇或者青蛇的化身,它来找我,不是要加害我,而是要续前缘?

05

共除大蛇之后,舒子敬跟我的关系更近了一步,不仅仅在周末,平时在学校也形影不离了。这导致我也变成了女孩子们讨厌的男生。

过去因为学习好,老师喜欢,周围的女同学也都很喜欢围在我身边。有了舒子敬的陪伴之后,就好像在我和同学身边凭空架起了一道围墙,大家都对我敬而远之。不过好在很快就到了期末,大家忙着考试，也顾不上处理这些微妙复杂的同学关系。

到了暑假的时候，我和舒子敬又一起玩了一个假期。现在还蛮怀念那些日子的，天还不亮，舒子敬就跑到我家来叫我起床了。

我起来后，随便吃点儿馒头，喝点儿冰粥，就跟他一起去抓野兔和野鸡，那时候林子也多，野鸡、野兔、黄鼠狼，漫山遍野都是。那时候我最讨厌黄鼠狼，偶尔抓兔子的时候不小心遇上它，它放的屁能让我恶心一个星期。

但是很多年后，林子没了，野鸡野兔也没有了，江河断流，野鸭也没了。有次在回故乡的路上遇到一只黄鼠狼，我第一次觉得它没那么讨厌，甚至萌生出一种亲切感，像回到了童年。

我们随身带了杀伤力蛮强的弹弓，有时候也能打下一些野味，不过更多的时候是一无所获，追在兔子或者野鸡后面瞎跑一天。但那也很开心了，我现在跑步快，打篮球弹跳能力强，就得益于那时候天天追野鸡野兔。

我们中午一般都不回去吃饭，他喜欢随身带个锅盔，我喜欢在兜里揣两个妈妈煮熟放凉的茶叶蛋，我们吃着自己带的干粮，喝着山野边的泉水，就着野枣或者山梨，虽然吃得乱七八糟，却从未发生过肠胃不适。反而是现在，喝着过滤了无数次的水，吃着精心做的菜肴，肠胃却动不动就出炎症。也不知道是我们身子变弱了，还是这些食物变脏了。

恶人舒：你有什么不开心的事情，讲出来让我开心一下

等到天色渐晚，我们才回家，但只是回家吃顿晚饭，马上就又出来碰面了。出来的时候都会拿个手电筒和镊子，腰上还会挂两个大瓶子。

我们拿着手电筒沿着村子里长长的街道走，看到墙壁上有出来纳凉的蝎子，就拿手电筒开强光照得它不敢动弹，然后拿镊子夹起来放在左边的大瓶子里。等走到村头的小树林的时候，就在树根周围找还没有蜕皮的知了，如果有，就捡起来放在右边的瓶子里。虽然白天可能一无所获，但晚上每次我们都是满载而归。

知了皮和蝎子卖给镇上的药店，一个夏天我和舒子敬能赚几百块钱，那时候的几百块，够我们买两辆自行车了。因为初中是在镇上读，假期结束一开学，我们就得有去镇上的交通工具。自己能够赚钱去买，比让爸妈买畅快多了。

不过赚了钱之后我们还是交给了爸妈，让爸妈帮我们买了。因为那时候，实在太小了。小到给我们一大笔钱，也不知道怎么花，更不知道我们自己去买的自行车靠不靠谱。

06

到了初中，我因为成绩好，进了校纪严明、升学率高的一中。舒子敬成绩差，去了全是打架、早恋、混日子的学生的二中。因为我的学校严禁外人出入，我和舒子敬见面的机会很少，只能每周放学的时候，跟他一起骑自行车回家。

因为过上了完全不同的生活,我每天学习、学习、学习,面对的全是卷子、单词和公式,他每天面对的都是高年级同学的欺压,低年级同学的挑衅,同年级女生曼妙的身材。我们完全没话聊了。

但我们打内心深处,还是觉得对方是最好的朋友,尽管彼此生活变得不一样,可是这不能改变我们的友谊。有时候舒子敬会提议跟我比赛骑自行车,输了的人要请吃水果刨冰。每次都是我输,但每次我都特别开心,因为我觉得这个比赛是维系我们友谊的唯一纽带了。舒子敬跟我在一起的时候彼此半天不说话,也不会尴尬。但如果哪天舒子敬不想跟我比赛了,我们的友谊可能就完蛋了。

那时候我没有朋友,新学校的同学都很虚伪,大家都戴着面具防着彼此,都做出一副好好学习的好学生模样。背后可能把老师骂得要死,但是见到老师马上就能笑成一朵花。我觉得我只有在成绩上和他们是一类人,除此之外,我其他地方都更适合跟舒子敬在一起。也许在别人眼里他一无是处,但起码,他对我是真诚的。

恶人舒这个名号,就来源于舒子敬的初中生涯。他刚到学校,因为我行我素,惹到了高年级同学,有天放学后,他被一群人堵在厕所,打得遍体鳞伤。

伤好之后,他纠集一帮同年级的哥们儿,把打过他的那些人,一个个折磨得生不如死,要么转学,要么退学。只过了一个学期,他就成为我们那个小镇所有年轻人中的老大。

他学会了抽烟,留长发,身边还总是跟着一群一看就不是正经人的小弟。

有一次周末放学我去找他一起回家,亲眼看到他让他的小弟把一个同年级的学生按在墙上,他拿着手里的防风打火机,烧到红透后,毫不犹豫地按到了那个学生脸上。

学生的尖叫,小弟们的口哨,几个看热闹的女孩的叫好,和被烫熟后类似烤肉的气味,向我扑面而来。

我在人群中喊了一声:"舒子敬。"

也许是我的声音太突兀,也许是很久没有人敢直呼他的名字了,周围一下子安静了下来。他在人群中看向我,冷酷的表情上突然有了一丝笑意。

但这笑意并没有维持多久,他马上意识到,他现在是敬哥,是敬爷。老大得有老大的样子。于是他挥挥手,让众人散去了。

众人走后,他才向我走来。

我说:"走啊,回家去。你的自行车呢?"

舒子敬慢悠悠地从怀里摸出一盒烟,熟练地点燃,深吸了一口,然后缓缓吐出了一个烟圈，烟圈快飘散的时候，他才吐出了两个字："卖了。"

我愣住了，过了一会儿接着问："那你怎么回家？我载你，还是你载我？"

舒子敬笑了，指了指远处饭店门口一辆高把的崭新摩托车说："我买了摩托车，不过我这周不回家了，你要是想兜风，我带你去兜风，要是想学骑摩托车，我教你。"

07

我没有让他教我骑摩托车，也没有让他载我去兜风。我自己骑自行车回家了，路上我在想，我是不是失去了最后一个朋友？尽管我跟他道别的时候，他在我身后喊，以后遇到事情记得找他，要是有人敢欺负我，就报上他的名号。

他的名号确实管用，因为他骑摩托车到学校门口找过我一次，导致我在一中后来的日子里，所有人见到我，都像小学快结束时那样对我退避三舍。我能听到他们在背后指指点点地说："那是恶人舒的好朋友，离他远一点儿，不然可能会被打死。"

小学的时候，听到的还没这么夸张，最多也就是："舒子敬又去抓蛇了，这次还是跟他一起去的，你离他远点儿，不然说不定你往口袋里摸糖的时候就会摸到一条蛇。"

他变成了真正的恶人，从人见人厌恶，变成了人见人怕。甚至连别人口中他最好的朋友的我，都觉得他有些陌生和可怕了。

初二的第二个学期，他到一中找我，还一本我之前借给他的书，他说他打算退学去外面闯荡，没时间看书了。

那天刚好有一场数学考试，我准备得不太充分，心里一着急，对他就有些心不在焉，拿到书随便跟他说了几句话就回教室了。

后来回想起来，才明白，那天他是来跟我道别的，他那天凝重的神情，其实是想让我帮他拿个主意，结果我根本没有把他的事情当回事，他也就铁了心出去了。

再后来，他就消失在了我的生命里，直到我退学后，我妈跟我聊起他，聊起他的爸妈。我才知道，他变坏不仅仅是因为进了二中，还有一个很重要的原因，是他爸妈离婚了。

家庭对未成年人的影响太大了，爸妈觉得孩子在学校好好上学就没事了，却不知道他们的一言一行都在左右着孩子的世界。家和万事兴，家破万事毁。爸妈离婚后分别再娶嫁，于是舒子敬就再也没回家了。不是不想回，是无家可归。

很多年后回想起他来，我觉得其实他最初所有的恶作剧，都不过是想引起别人对他的注意。在家里，他被爸妈忽视，他不想在学校的时候，也被忽视。

这种想法一旦在他的脑海里出现，他便和我渐行渐远了。我想，我们之间分道扬镳的源头就在这里吧。

一个原生态家庭的破灭让他四处寻找所谓的安全感和存在感。在风雨成长的路途中，这种寻找显得很脆弱，他装出一种无所畏惧的坚强，殊不知，这正是他脆弱的地方。这一切对他的命运与未来造成了不可磨灭的影响。

那个时候我们都不知道，也不清楚他内心的无力与失落，那种人生况味，是我拥有了很多人生阅历之后才能体会到，然而也未必能感同身受的。

他那时候的口头禅是"你有什么不开心的事情讲出来让我开心一下"，看似自私自利，其实只是他给自己戴的面具。

后来看《盗墓笔记》，看到张起灵和吴邪的感情，我总是忍不住会想起恶人舒，他是我生命里第一个好朋友。就像吴邪生命里的张起灵。

后来看《在路上》，看到里面的迪安，我也会想起恶人舒。恶人舒后来的结局，也和迪安差不多，就在我写这篇文章的前几天，他回到了我们那个小村庄。

跟他一起回来的，还有一个年轻美貌的女人和一个刚学会走路的孩子。他成家立业了，他身上的文身和刀疤间接地诉说着他外出闯荡这些年受过的苦，但无论如何，他是浪子回头，长大成人了。

在他回到故乡之前，我一直担心他会客死他乡，像我邻居家跑长途运输的儿子一样，在半夜困到极致的时候，不慎开出了车道，坠入悬崖，尸骨无存。

他的平安归来，对于我来说无疑是一种福音。但真正面对面坐到一起了，我却发现我们已经变得无比陌生了。我无法把眼前那个世故的男人，和年少时真诚、乐观、勇敢的舒子敬联系在一起。

或许这就是时间的可怕之处吧，同一个人，时过境迁之后，可以变成完全陌生的另外一个人。所有美好的情感，只能封锁或停留在回忆里。

再美好的曾经，都抵不过现实的轻轻一击。就像拜伦的那首诗："如果我们再相见，事隔经年，我将何以贺你，以眼泪，以沉默。"

痴人风：
曾经沧海难为水，
除却巫山不是云

每次想起他们的故事,我都会觉得,有时候名利、财富、美貌,反而是真爱的阻碍。也许失去了这一切,人与人之间的心会靠得更近。

>>>

01

被全世界都让着的感觉,魏风二十岁那年就体会到了。

我十七岁发表文章,十九岁出书,二十四岁成为畅销书作家,行走各地十五年,出书十五本,但是跟魏风比起来,这些经历都不值一提。

事情要从魏风十八岁那年夏天说起,那是他理想主义的起点,也是他理想主义的终点。那一年夏天,他考上了他梦寐以求的北京某戏剧学院。和他一起考进来的,还有他很喜欢的女生省君欣。一开始,可以说是郎才女貌,羡煞旁人。

但让魏风在那个夏天从云霄跌落的,也是漂亮女生省君欣,这个省君欣吧,虽然姓省,却不是盏省油的灯,虽然叫省君欣,却一点儿也不让人省心。

早在十六岁的时候,她就和魏风认识了,但那是在网上,那时候还没有QQ(一种聊天软件),更没有微博、微信这些便捷的通信工具。那时候大家上网都在聊天室里泡着,一群人东拉西扯,聊投机了,觉得定时定点地打字不过瘾,也会留个电话。那时候电话费还贼贵,手机更是没有普及。

魏风和省君欣就是在聊天室里认识的,后来发展到打电话、写信,你一言我一语的,对对方的成长经历、家庭情况、学习成绩,比彼此的亲爹亲妈了解得还透彻,但就是没有见过面。

那时候还没法视频,但是写信的时候,他们都给彼此寄过照片,而且都很实在地没有用班花校草的照片替代自己,虽然有些还是黑白照,但黑白照看起来人更实在。

那时候物质生活普遍还不发达,对一个人优秀不优秀的判断,还没有上升到有车有房无爹无娘的境地。尤其是对学生来说,长得不难看,成绩好就行了。大家都简单地觉得成绩好肯定有好前途,考上好大学,分配好工作,对了,那时候工作还包分配。

在魏风和省君欣眼里,彼此都是对方眼中足够优秀的人。他们都比身边的人强太多,当然也正是他们都这样觉得,才会去聊天室里碰运气。

在通信的过程中,他们约好了考同一所大学,学同一个专业。大学四年形影不离,毕业就结婚。一切看上去美好灿烂。

02

坏就坏在一切只是看上去很美好，实际上很糟糕。两个人倒是真争气，真的考上了同一所学校，同一个专业。

两个人之前就约好了，收到录取通知书的时候，就是他们见面的时候。两个人不在一座城市，那时候交通不方便，见个面不容易，而且又是备考的时候，要是换到现在，等不到发榜两个人肯定就见面了。就算省君欣能忍住，魏风也忍不住。

刚见面的时候也还好，一起去吃了饭，吃了冷饮，牵了手，接了吻，拥了抱，魏风把第一次全给了省君欣。

而省君欣却早就把第一次给了别人。那个别人，就是魏风理想主义的终点，他叫白展飞，是省君欣的青梅竹马。

和魏风这种成绩优秀的栋梁之材比起来，白展飞就是个痞子，在学校里整天横行霸道，成绩从来没有及格过。不过他倒是从来没有欺负过省君欣，甚至在很多时候，或者说在省君欣整个青春期，他充当的都是保护者的角色。

据说省君欣所在的校园很乱，学生打架，打群架，打老师，猥亵女同学的事情经常上演。那里的学生就是一群狼，老师们根本管不住，经常要去派出所叫警察来管。

白展飞从小和省君欣一起长大，虽然成绩差，为人霸道任性，但是在省君欣和省君欣的爸妈面前，他绝对忠诚，甚至早就以省家的女婿自居。省家呢，倒是也放心他，一来是亲眼看着长大的孩子，虽然皮了点儿，但是对自己闺女好。二来呢，就是白展飞的爸爸这些年靠做服装生意发了大财。省家的许多电器，比如说电视机、冰箱等，都是白展飞送的。甚至连省君欣身上穿的衣服，十件里也有八件来自白家的服装店。

　　省君欣对白展飞的态度呢，一直是模棱两可，小时候是喜欢身边有个人让自己使唤着，长大后读书多了，也幻想过自己未来的白马王子。那肯定不是白展飞这样，肯定得风度翩翩，肯定得博学多才，其实说白了，就是魏风这样的。

　　但是长大后她发现，物质基础也同样重要，她根本不敢想象离开了白展飞后，自己的生活会变成什么样。自己去北京读书的学费，都是爸妈从白家借的。表面上看，是她控制着白展飞，她让白展飞去哪儿白展飞就去哪儿，实际上，她和她们一家，都活在白家的金钱之下。

　　她不够喜欢白展飞，又不舍得摆脱白展飞，在这种矛盾的心理下，她就依赖上了网络，认识了魏风。而她上网的电脑，和平时给魏风打电话的手机，也是白展飞买的。

　　从通信中就可以看出来，魏风家境一般，能够供他去读大学，家里已经费了九牛二虎之力。等到见了面，省君欣发现魏风的经济状况比她想象的还要惨。根本没法跟白展飞比，白展飞都是带她去大酒店大馆子吃饭，魏风只能带她吃碗牛肉拉面。

但因为喜欢魏风的谈吐学识，尤其是觉得魏风未来肯定会很厉害，虽然是吃拉面，省君欣也很开心。

03

白展飞平时学校社会两边混，仗着有钱，手下有一大堆狗腿子，省君欣考上名校的时候，他也让爸爸花钱把他和他的几个狗腿子塞到了北京一所民办高校里。用他的话说就是要继续保护省君欣。

省君欣知道白展飞对喜欢她的男生的残忍，从小到大，不知道多少个不长眼乱递字条和情书的家伙被白展飞修理了。所以她和魏风的事情，一直瞒着白展飞，和魏风约的见面的城市，也是她姨妈家所在的那座她平时很少去的城市。

纸包不住火，虽然平时收到信、接到电话的时候，省君欣都谎称是交了个女性笔友，但白展飞凭着直觉，也能感受到这个笔友，不像省君欣说的那么简单。

只不过那时候他也想跟省君欣考上同一所学校，在省君欣的诱导下，他用在学习上的时间和心思，远远超过了打架和别的事情，所以在没有确凿证据的情况下，他还是选择相信省君欣。

省君欣在姨妈家待了七天，天天都和魏风见面。魏风住在旅馆里，但是那时候的魏风，能够亲亲小嘴，拉拉小手，搂搂小腰已经满足了，根本没有想过进一步的事情，在他看来，省君欣迟早是他的人，结婚的时候再做该做的事情也不晚。

七天后，魏风回家准备开学的事情，省君欣也在同一时间回了家，一进家门，就看到了白展飞。

白展飞已经把省家当自己家了，省家二老也没把白展飞当外人。招呼他吃招呼他住的，他也不闲着，洗碗，做饭，打扫卫生，他都知道帮忙。

过去省君欣不觉得有什么，和魏风有了实质性的接触后，她就觉得不能这样了。再这样她就变成她讨厌的坏女人了。

其实早在没跟魏风见面的时候，她就觉得自己变坏了，为了激励白展飞学习，为了不让白展飞生疑，她几次蜻蜓点水一般地吻过白展飞，还公然让白展飞牵过手。在白展飞送来她去北京的学费的时候，她还抱了白展飞。

04

见女儿回来了，觉得孩子都大了，当父母的也就没那么操心了，吃完饭，他们二老就去公园散步了，家里就留了白展飞和省君欣。

二老一走，白展飞就锁了门，二话不说就把省君欣往房间里拉，省君欣还在思索怎么跟白展飞摊牌，稀里糊涂就跟白展飞进了自己的房间，平时她的房间是绝对不让男生进的，爸妈要进来收拾她都不允许。

她那天穿着一身雪白的裙子，是为了见魏风特意买的，而且是用自己的钱，让同学去白展飞家隔壁的店帮她买的。

女生穿裙子大都好看，尤其是像省君欣这样身材火辣、脸蛋动人的女生。但也有坏处，就是色狼要使坏的话，三两下就被扒光了。

白展飞把省君欣拉到房间里，二话不说往床上一推就开始脱自己的衣服。省君欣直接就傻了，从来没有见过白展飞对她这么粗鲁过。

其实从外表看，白展飞挺帅的，英姿飒爽，比柔柔弱弱的魏风强多了，可惜省君欣喜欢的是书生，不是英雄。

省君欣回过神来之后，一声尖叫，拿起手边的书就往白展飞身上砸。

但是门窗都锁了，爸妈也走远了，尖叫救不了她，书也阻止不了白展飞，她终于还是成了白展飞的人。

白展飞办完事倒也不愧疚，只留下一句话就走了："这些年我对你不薄，这下咱们两清了。北京你自己去吧，我不去了。"

被白展飞这么一说，省君欣倒蒙了，本来她还泪流满面地沉浸在被摧残的痛苦中，但白展飞一走，走之前又丢下那么一句话，她就觉得事情没那么简单。

以她对白展飞的了解，做出侵犯她的事情，已经很让人不能理解了。虽然他们牵过手接过吻，但那都是她赏赐他的。他从来都是膜拜她的。如今把她推倒了，就算是色欲攻心，那事后看自己哭得稀里哗啦，也该道歉才对，怎么可以面不改色心不跳，还理所当然地要跟她绝交，好像错的人是她一样。

唯一的可能，省君欣觉得，就是她跟魏风的事情被白展飞知道了。白展飞觉得自己被戴了绿帽子。

05

一切发生得太突然，省君欣不知道如何应对，在床上躺了一夜，父母回来时她也没起身，第二天一早，她去洗衣服的时候，才发现自己的床单和裙子上沾满了血。

而白展飞，也在第二天一早，没事人一样来到省家吃饭。好像绝交的话是从另外一个人嘴里说出来的，好像侵犯省君欣的人，是长得跟白展飞一样的另一个人。

等到吃完饭，父母去上班了。白展飞又来到省君欣卧室的时候，省君欣才害怕起来，觉得自己面对的不是一个青梅竹马的哥哥，而是一匹狼。

但是白展飞并没有做什么过分的事情，还帮省君欣理了理那堆被他弄乱的书。理书的时候，夹在书里的魏风写来的信也掉落了下来。这时候，白展飞才羞涩地说道："昨天是我误会你了，对不起。"

"误会？"

"就是咱们班那个小五，他舅舅家和你姨妈家在一个小区，你去你姨妈家的时候，他刚好暑假在他舅舅家玩，他看到你和一个男生搂搂抱抱的，还牵手接吻，连续几天，我就以为，就以为你们……"

"以为我们什么？"

"我以为他已经把你……"

"你以为他已经跟我上床了？"

"是的，可是昨天回到家，我才明白你还是处女。我昨天纯粹是被怒火冲昏了头，任何男人被戴了绿帽子，都会很生气吧。"

"可我不是你的女人。"

"你就是,你这辈子都是,过去我也知道,你看不上我,我学习差,可是发生了昨天的事情,我要对你负责。"

"我不需要你负责,你给我滚,有多远滚多远。"

"好好好,我滚,可是你想清楚了,已经发生了这样的事情,这是无法逃避的,我觉得你还是好好想想吧,你和那个小子的事情我不计较了,只要你们以后别来往了就行,北京我还是会去的,毕业了我们就结婚,我……"

"说完了没有,说完了快滚。"

"好吧,我……"

白展飞走后,省君欣号啕大哭。

我的人生无须证明给你看 >>>

06

这一切魏风一开始都不知道,直到他到了北京,发现省君欣没有跟他同时去报到后,才感到事情有些不妙。自从见面后,他打省君欣电话,就没接通过,发短信也没有回复,上网留言也没有回复。写信吧,已经毕业了,不知道寄到哪里去。寄原来学校的地址,省君欣肯定收不到。

但是他那时候也没太担心,一来是开学在即,两个人在一个学校一个专业,肯定能见到的。而且分开的时候,两个人你侬我侬的,谁也没有要变心的意思。可是等到分了班级军训完,开始上课了,省君欣还没来,魏风才慌了。

通过学校,他查到了省君欣的家庭地址,连夜请假,坐火车到省君欣家所在的城市。结果到省家一问,省君欣已经出国留学了。

一开始魏风还不信,毕竟分开才不过一个月,而且省君欣和他考上的是所名校,怎么可能随便就放弃大好的机会出国留学呢?

当听说省君欣是跟男朋友一起出国的时候,魏风更是五雷轰顶,不知所措,因为他才是省君欣的男朋友,怎么可能他站在这里,还有另外一个他跟省君欣一起出国了呢?唯一的可能就是他找错了人家。

可是看着省君欣家里墙上挂的全家福,在父母身边的,分明就是他朝思暮想的女朋友省君欣。

省君欣的父母一开始也不知道魏风的来历，不仅不知道魏风的来历，对女儿突然决定出国留学的事情，也是一头雾水。

那个时代，出国留学还不是流行的事情，花费钱财不说，需要托的关系，更是复杂。但这些对白展飞来说，都不是个事。

能够和自己心爱的女神在一起，而且不用担心女神和那个野小子天天一起上课出什么乱子，就算把白家的钱花光了，白展飞也觉得值。虽然时间紧张了点儿，但是白家关系硬，很快就把两个人送到了香港，又从香港转机到了新加坡。

一开始是住在新加坡白展飞的大伯家里，后来才办好入学手续。让白展飞雷厉风行地做好这一切，只是因为省君欣不想再见到魏风了，她不知道该怎么面对魏风。在那个相对保守的年代，贞操更是比命还重要的东西，虽然省君欣后来并不把贞操当回事了，但在她十八岁那年的夏天，很多天真无邪的想法，还是停留在她内心深处的。

07

听完魏风自报家门，省君欣的父母才明白女儿的用意，兴师动众地把自己搞到国外，原来就是为了躲这个魏风。

省君欣的父母虽然本事不大，但是一辈子教书育人，看人的眼光还是有的。他们能感觉到魏风的执着，如果不说实话，魏风估计会追到新加坡去。女儿那边倒是没什么，就是白展飞让人担心，以白展飞的性格，可能会要了魏风的命。

于是省君欣的父母就一五一十地把省君欣和白展飞的事情告诉了魏风。虽然没有说他们发展到了哪一步，但单就青梅竹马十八年这一条，就把魏风这个认识才两年接触才七天的人给比下去了，起码在省君欣的父母看来，省君欣跟着白展飞，更让人放心点儿。虽然魏风这个孩子也不错，以后从名校毕业，前途不可限量，但未来的事情，谁说得准呢？只看当下的话，光是白家的产业，就够魏风奋斗几十年了。就算白展飞从此不进步，魏风可能也要几十年后才能在物质上追平他，到那时候，省君欣早就人老珠黄甚至入土为安了。

眼看省君欣的父母把这层利害关系都挑明了，魏风知道自己再说什么，就是自讨没趣了。谁让他还只是一个手无缚鸡之力的穷学生呢？

从省家出来，魏风觉得自己一下子老了很多，明明只有十八岁，却像是活了八十年、一百年那么久，把人生都活透了，活够了。

不就是嫌我穷，嫌我没本事吗？

为什么一开始不说呢？为什么要给我希望呢？如果没有那么美好的希望，我又怎么会如此绝望呢？

在陌生城市的街头,魏风泪流满面,最后买了瓶六十五度的张弓酒,醉倒在了火车站,错过了回学校的火车。那是魏风第一次喝酒,也是第一次喝醉,从那时开始,魏风的卧室里总是会放着一瓶酒,想省君欣了,就喝下去。

他不知道省君欣一开始是爱他的,不知道省君欣的矛盾,他却没有办法不爱这个女孩,他恨不了她,哪怕她伤害了自己,他依然爱得死去活来,无法自拔。

08

想省君欣想得难受,大都是在深夜,白天,魏风还是正常的,他够聪明,又肯努力,年年拿奖学金,偶尔还去打工。

十八岁以前,他的人生一帆风顺,第一次摔跟头,第一次输得一败涂地,就是输给了物质,输给了金钱。所以魏风暗暗发誓,一定要活出个人样,一定要在物质上超越白展飞,让省君欣后悔,彻彻底底地后悔。

带着爱奋斗,永远没有带着恨奋斗进步得更快。仅仅是一年后,魏风就出版了自己的第一本书,那时候正赶上青春小说流行,一下子卖了二十多万册。

未满二十岁的魏风,一下子名利双收。但是他并没有开心到哪里去,他心里还想着省君欣。一年多的时间,也不是没有女生追他,其中比省君欣更美貌的也有，但他就是提不起兴趣。出书成名后，追他的人更多了。他不管走到哪里，都有人认出他，都有女生主动约他，他如果想堕落，想放纵，只是一念之间。

成名后，因为有了太多钱，学校他也不想待了，他买了所房子，那时候北京的房价才几千块一平方米，全款买了房子，他还剩下很多钱。

他总是期望用这样那样的事情去填补自己内心的空洞与空白，然而只要有一点点罅隙时光，他依然会想起省君欣。哪怕是去饭店吃饭，他有意无意都会点上她爱吃的菜，包括唯一一次他陪她一起吃牛排，她要了五分熟，此后，他竟然也条件反射地每次吃牛排都要五分熟。

这是一种习惯，虽然接触的时间不长，却已经烙了印记，挥之不去。

他去了趟新加坡，去了省君欣读书的大学，但是并没有见到省君欣。他也不想刻意跟人打听，他觉得有缘肯定会见面，可惜在省君欣的学校溜达了几次，也没遇到，他觉得，可能还是无缘吧，可能他和省君欣的缘分，在十八岁的时候，就用尽了。

回到北京后，他继续写作，连续出了三本书，还办了本杂志。一下子成了青春文学的领袖人物之一，我就是因为给他办的杂志写稿子，才认识的他。

是那本杂志办了没多久就停刊了，现在回想起来，已经没有多少人记得那本杂志了，但是那本杂志却成功地奠定了我和他之间深厚的友谊。他后来会跟我说起他的事情，也是因为，我们有着类似的经历。只不过我成功的时候没他那么成功，失败的时候也没他那么失败。他是喜欢极致的人，我们更多的是在写作风格上相似，即便是很痛苦的事情，我们也会写得笑嘻嘻的，笑中带泪吧。

杂志停刊和省君欣脱不开干系，那是省君欣去新加坡的第四年，魏风的书已经翻译成各国文字，卖到了新加坡，魏风的故事里，永远有一个穿白裙子的少女。省君欣看到了，自然知道那个少女是她。

魏风也在书里一再表示，尽管白衣少女玩弄了那个单纯的少年，尽管白衣少女不告而别，但是那个单纯的少年并不怪她，还单纯地爱着她。

09

省君欣来找魏风的时候，我已经是魏风主编的那本杂志的首席编辑了，所谓的首席编辑，就是主编不在的时候，一切我说了算。

省君欣来的那天，刚好魏风去印刷厂了，印刷厂在另外一座城市，得两天才能回来，平时都是印务部的人去，但是那次涉及一些印务决定不了的事情，只能魏风去办。现在回想起来，也是上天注定了他跟省君欣没缘分。

我那天起得很早,因为要做新一期杂志上市的宣传,一早就去了编辑部,在上电梯的时候,遇到了个女孩子,那模样那身材,刚好是我喜欢的类型。好巧不巧的是她还跟我一起进了编辑部。

她发现我就在编辑部上班后,就问我魏风在哪里,一开始,我还以为她是魏风的"脑残粉"。魏风红了之后,"脑残粉"太多了。而且其中不乏貌美如花的,但是像省君欣这么好看的,还是不多见。

我就给她沏了茶水,给她找了几本杂志看,还说魏风一会儿就来。其实如果换作平时,我就直接说魏风最近不在赶她走了。毕竟这个女孩是找魏风的,是魏风的粉丝,不是我的粉丝。如果是我的粉丝,好看不好看我都会招待一下。别人家的粉丝,我就只能以貌取人了。

等我忙完杂志宣传工作,已经到了中午吃饭的时候,看到那个女孩还在老老实实地等着,我就动了坏心思,决定带她去吃午饭。

天地良心,那时候魏风还没告诉我他跟省君欣的事情,不然我也不敢对老大哥的前女友下手。

省君欣也没有告诉我她和魏风的具体关系,只说来找魏风,又是来编辑部找,我理所当然地以为是他的"脑残粉"了。

等到一起吃了饭,聊了天,我才知道,省君欣刚回国,而且是第一次到北京来,在这里无亲无故的,本来想找到魏风,见一面就走的，结果魏风偏偏不在。

　　我上午已经撒了谎，只好把谎言进行到底，我说魏风这个人，成名后神龙见首不见尾，名人嘛，都有怪脾气怪嗜好，也许下午就来了，也许下周才来。

　　那天刚好是周五，吃过午饭，省君欣又在编辑部等了一下午，可能是上午待熟悉了，下午我让她坐在魏风独立的办公室里，她还翻了魏风的一些办公用品。那些是我都不敢翻的东西，如果我翻下魏风的笔记本，就能发现省君欣读高中时的照片，就能明白他们是老相好的关系，就不会有后来让我追悔终生的事情。

10

　　下班后，我见省君欣还没走，就带她去吃晚饭，顺便给她订了编辑部楼下的酒店。我嘴上是为她着想，说来一趟北京不容易，怎么也得见到魏风才好，我说费用我们编辑部会报销，她不用管，我说我们杂志对读者一向这么热情周到。

　　送她去酒店的时候，为了怕她周末无聊，我还给她带了几本书，其中有魏风的，也有我的。当然我写的那些书，那时候销量稀烂，水平也一般，跟现在没法比。

　　让我万万没想到的是，看完我的书之后，她变成了我的迷妹。第二天中午，主动约我吃饭，吃完饭还让我带她在北京玩，态度变化之快完全出乎我的意料。

在看我的书之前,她可能觉得我就是个魏风的普通职员,对她好也只是因为她是美女,平时对她献殷勤的男人太多了,她已经习惯了。

她即便跟我说话,也是旁敲侧击地打听魏风,比如魏风有没有女朋友,日常生活怎么样等。一开始嘛,我还是实话实说的,毕竟老大哥人是真好。我不能背后造谣诋毁他。可是等到了第二天,省君欣变成了我的迷妹,又时不时问我魏风的事情的时候,我就管不住我的嘴了。

我说魏风哪里都好,就是生活不检点,时不时地喜欢调戏调戏小粉丝。我说魏风虽然还没有结婚,但是他雨露均沾,这世上不知道有多少他的追求者和爱慕者。

这当然都是我瞎编的,但也不是完全没有根据,因为确实有一群人自称是魏风的老婆或者女朋友,确实有一群人喜欢把偶像当老公,也就是过过嘴瘾。

结果这些话却被省君欣听进去了,她问我,是不是名士都风流,我说不见得,我就不风流,我很正经。

省君欣被我逗乐,她问我有多正经,我说坐怀不乱,宁缺毋滥,不管什么样的美少女,我都不会动心,我一心追求文学的最高境界。

省君欣说:"那等你达到文学的最高境界,等你像魏风一样红了,你估计就乱了。"

我说不可能,我是有分寸有底线的人。

省君欣说:"那就试试你的底线,晚上我们去酒吧,我要是喝醉了,你送我去酒店。"

然后那天晚上,我就看到了省君欣身上的烟疤和文身,从胸口到大腿,全都是伤痕。不过不是白展飞一个人留下的。

11

第二天我从酒店的床上醒来的时候,省君欣已经走了。回想夜里的情景,跟做梦一样。省君欣说她怕别人看到她的伤疤,所以从来不穿低胸的衣服,也不穿短裙。

每一次她完全信赖一个人,把自己身上的伤疤毫无遮拦地展示给对方的时候,对方都会让她失望。每一个爱她的人,都只爱她穿着衣服,美好的样子。

一旦看到那些伤疤、那些文身,他们就会变成另外一个人,从爱她的人,变成伤害她的人。

一开始的伤疤是白展飞留下的,那时候白展飞还深爱着她,两个人到国外不久就同居了,但是有一次情到深处,省君欣忍不住喊出了魏风的名字。白展飞暴跳如雷,对着省君欣的脸就是一个大耳光,抽完还不过瘾,又站起身踹了省君欣几脚,用最恶劣的话骂她。

一个男人在爱你的时候,什么都做得出来;不爱你的时候,也什么都做得出来。所以说女人无论什么时候都不能完全依赖男人,得有能力独立。有了恋人可以不选择独立,但不能没有能力独立。

省君欣挨了打,也只能忍着,吃的住的都是白展飞的,学费也是白展飞出的,甚至要回家,也得让白展飞买机票,父母那边就像把她嫁出去了一样,遇到争吵,永远都是站在白展飞那边,她已经对父母绝望了。

有一次白展飞在厕所抽烟,抽着抽着不知道怎么就生气了,拿起烟头就烫了省君欣的胸,边烫边说:"给你留个记号,以后再想魏风了,就看看你这疤。"

省君欣被折磨了一年多,其中自杀过两次,都没成功。再后来,白展飞也累了,移情别恋了,就放过了省君欣。

从白展飞的魔爪下逃出来后,省君欣开始打工,因为长得漂亮,工作很好找,但是也被客人和老板占了不少便宜。

而且在白展飞那里,享受惯了高档次的生活,省君欣一下子受不了贫穷的日子。跟同学一起挤在陌生公寓里她受不了,用劣质的洗漱用品，穿廉价的衣服她也受不了。后来有个条件不错的同学追求她，为了提高物质生活水平，她就答应了。

一开始那个男生对省君欣蛮好的，等到省君欣把自己的过去和盘托出，那个男生就翻脸了，觉得省君欣装清纯，一点儿不像他想象的那种人。尤其是他受不了她身上的烟疤，每次看到，都会觉得自己捡了个破鞋。

在一起半年，在省君欣完全适应了男生的存在的时候，男生甩了省君欣。省君欣一个人漂泊在国外，居无定所，有什么没有什么，心里已经清楚得像明镜似的。也许只有过那样的生活才能维持自己在国外的生活。

她强迫自己没心没肺，让自己的灵魂飘忽在身体之外，让自己的身体无关痛痒，直到无意间在书店看到了魏风的书。

她以为魏风还爱着她，所以又把自己打扮成纯情的模样，想跟魏风再续前缘，可惜等到真的到了魏风身边，见到我，她感觉像是见到了当年的魏风。

她突然意识到她已经配不上魏风，但是她又不甘心就这样走了，和我在一起待了一夜，完全是因为我是离魏风很近的人，她希望我把她的事情告诉魏风。

这些我都是意乱情迷，发生了不该发生的事情之后，她告诉我的。如果她一早就告诉我，也许我就什么也不做，还会把她留下了，让她亲自去跟魏风谈。我觉得以魏风对她深沉的爱，一定能够理解并原谅她。

但是正是因为发生了这些，我不知道怎么跟魏风讲。在省君欣看来，她和太多人在一起过，和谁在一起都不重要。更何况我在她眼里，是跟当年的魏风一样的人，她对我也有些喜欢。

而在我眼里，我不可原谅、不可饶恕地碰了我好朋友最爱的女人啊，我怎么跟他开口说这个事情。他估计会跟我拼命吧。虽然我不在意杂志社的工作，可是这份友情，不能就这样完了啊。这太乌龙了。

12

比无法跟魏风交代更糟糕的是，我发现我爱上了省君欣，这种爱非常矛盾，非常痛苦。你明明知道你不该爱不该动情，可偏偏就动了情。

世界上可能就是有这么一种女人，你爱她，也恨她。爱她的美好，恨她的坏。在爱与恨之间，你的一生都被蹉跎了。

省君欣走后的第二天，魏风就回来了，约我吃饭，那天是周末，我们约在三元桥的一家私房菜馆里，老板是云南人，做的菜特别好吃。

魏风这次去印刷厂，没把事情谈好，加上杂志发行也遇到了问题，一堆问题加在一起，他就不想做这本杂志了，想安心写小说，毕竟他主要的收入还是写小说，做杂志只是兴趣，一直都在倒贴钱。

他约我出来，主要是想听听我的想法，想看看我的态度，再做决定。我当时虽然很想做杂志，但是发生了跟省君欣的事情后，我不知道怎么面对魏风，见到他我就心虚，所以我说："停刊就停刊吧。咱们俩都安心写小说吧。"

饭快吃完的时候，我多说了句，我说："周五有个读者来找你，叫省君欣，见你不在，她就走了。"

魏风当场就愣住了，问我有没有留对方的电话。

我说："人家是来找你的，又不是找我的，肯定没留电话。"

其实是留了的。只是我不想告诉魏风，我怕我忍不住，说完电话号码，会把接下来的事情全说了。所以只能一句话概括，说她来了看一眼就走了。

其实只要魏风回到杂志社，找其他同事问下，就能证明我在骗他，但是杂志已经准备停了，大家已经要解散了，再加上我是魏风最信任的人，他根本不会去证实我说的话。

他听我说到省君欣，就把杂志的事情全交给了我，让我处理杂志的停刊事宜，他说他要去找省君欣。那一刻魏风的脸上露出了难言的欣慰的微笑，眉头却依然微蹙着，灯光下的魏风似乎将这些年与省君欣的交集全部写在了脸上，丝丝入扣地散发开来，水发云散，带着对未来恬淡生活的憧憬，开始做了决定。

13

魏风走的时候，我们还没吃完饭，确切地说，是基本上吃完了，还没买单。如果是平时，肯定是他叫老板买单，他是主编嘛。但是那天，听我说出省君欣的名字后，他一门心思都在省君欣身上了，跟我交代完杂志社的事情他就兴高采烈地走了。

我后来想，他当时那神情，估计跟他刚考上大学，跟省君欣约好一起读大学时差不多。一样的信心满满，充满了期待，觉得就要和心爱的人相见了。完全不知道，一切已经物是人非。

不过魏风还是见到了省君欣，以省君欣的作风，估计该发生的都发生了，但是省君欣没有跟他回北京，他是一个人回来的，后来他跟我说，省君欣觉得自己已经配不上他了。

说实话，在我看来，省君欣是已经配不上魏风了，那时候的魏风，功成名就，完全可以找一个贤良淑德的女朋友。不过爱情这个东西，从来就没有配得上配不上之说，皇帝也可以爱上贫民，飞鸟也可以爱上青蛙，爱情可以打破一切界限。

但是爱情再厉害，也改变不了已经心死了的人，省君欣的心已经死了，魏风在见过她之后，心也死了。

后来省君欣去了上海，在一家外企工作，偶尔也会飞来北京，但是她再也没有见过魏风，倒是跟我见了几次面。

有次我问她，是用了什么办法，让魏风不再爱她的，她说，当时他们俩站在桥上，她对魏风说，如果魏风执意要跟她在一起，她就死。

我说："你当真的吗？"

她说："也许吧，也许真的会去死。"

我说："你不是已经死心了，怎么还会这么看不开？"

她说："有些事情，你不懂。"

我还真是不懂。我这个人，在所有事情上，都很洒脱。很容易爱上一个人，也很容易忘记一个人。像魏风和省君欣这种爱法，这种一边爱对方一边作践自己的爱法，我完全看不懂。

但不懂，不代表我不能跟他们成为好朋友。

痴人风：曾经沧海难为水，除却巫山不是云

14

我后来离开了北京，四处游玩了几年，魏风关了杂志社后，虽然说要写作，却再也没有出书。出版这个行业，跟娱乐圈有一拼，更新换代特别快，尤其是青春文学领域。几年不出书，大家就忘了你了。

等到几年后魏风再出书的时候，销量已经大不如前，出版公司赔惨了，出版公司的负责人甚至跟我说，他宁愿做我的书，都不想做魏风的书了。

魏风对这件事倒是看得透彻，大红大紫他享受过了，门可罗雀他也享受过了。一心一意爱一个人他做到了，心如死灰他也经历了。

刚好那一年北京房价暴涨，他就把房子卖了，拿着钱去大理买了座房子，开了家客栈，一开始生意还不错，毕竟是当年的畅销书作家嘛，文艺圈的人脉还是有的。

隔三岔五就有文艺圈的朋友去捧场，歌手去唱唱歌，画家去作作画，作家去找找灵感。

但是后来渐渐地就不行了。有一次有人喝醉了在他的客栈闹事，警察把那个人关了几天，那个人也是性子烈，出来后一把火把魏风的客栈烧了。

魏风当时刚好在客栈，虽然没被烧死，但是烧成了重伤，一度瘫痪在床。当年英姿飒爽的面容，也不复存在了。

结果这时候，省君欣却辞了上海的工作，跑到魏风身边，一心一意地照顾起了魏风。愣是把瘫痪的魏风照顾得能够下床走动了。

可能在省君欣看来，容貌尽毁，失去一切的魏风，跟心如死灰的她最般配，谁也不会嫌弃谁。但是你要是走在大理的街头，看到一个美若天仙的姑娘，被一个烧成鬼的男人牵着手，你会觉得他们一点儿也不般配。

每次想起他们的故事，我都会觉得，有时候名利、财富、美貌，反而是真爱的阻碍。也许失去了这一切，人与人之间的心会靠得更近。

但我由衷地希望，名利、美貌、财富，一开始就输给爱情。在拥有美好年华的时候，就好好相爱。不要等到两个人都被时光伤害得千疮百孔了，再去谈论爱情。

病人石：
绝望的时候，
请给我一颗糖

　　我想起我们刚认识的时候，我就是喜欢她的头发，我盯着她的发梢看，她脸红着说被看得不好意思的样子让人沉醉，我当时真的是看呆住了。后来知道她也喜欢我的时候，我开心得想要飞上天和太阳肩并肩。

　　>>>

01

其实我想写的是，绝望的时候，请给我一颗子弹。但是那太悲观了，死亡可以解决一切，但一切却不能只靠死亡来解决。

02

女朋友已经消失了五个小时，我在想她去干什么了。她肯定嫌弃我了，一个患了忧郁症的人，还不如一个瘫子。残疾人只是肉体上拖累别人，抑郁症患者是从精神上拖累别人。摊上这样一个男朋友，谁都想摆脱吧。

其实一开始我也不是这样的，我也曾对这个世界充满了期待和幻想，我也曾信任过我周围的一切。

而且就算是现在，我也不是二十四小时都这样，我乐观的时候还是很可爱的，女朋友会被我逗得咯咯直笑。

可是那只是很少的时候，大部分时候，我都是悲观的。比如现在，女朋友五个小时不出现，我给她打了一百个电话，发了两百条消息。

最后她只是回了我一句：对不起，我刚才躺在宿舍床上看书，看着看着就睡着了。

我好像有被害妄想症，觉得全世界没有一个值得信任的人。她只是睡了一觉，我却以为她要抛弃我了。

03

我想去旅行，去很远很远的地方，去异国他乡，我跟女朋友说，她却说："你要先学好外语。"我一点儿也不服气。周云蓬是盲人，不一样去旅行，一样独自去了大理。

我能够看到，能够听到，我在异国他乡，会寸步难行吗？我觉得不会的，有空气的地方，就一定有我们中国人。

说到做到，我准备去办护照，办签证，可是女朋友说，我需要先看病，先治好我的抑郁症。我的抑郁症，我有抑郁症吗？

是不是上天给你什么，就一定会带走什么？给了你才华，就会带走你的快乐。给了你金钱，就会带走你的爱情。当你衣食无忧，当你功成名就，你就会失眠焦虑厌世，在不安中度过余生？

我不知道,如果是这样的话,我也许真的有抑郁症吧,但是我不想去看医生。我讨厌医院,讨厌医生。

女朋友总是在找各种理由,阻止我做想做的事情。渐渐地,我也有些讨厌她了,可是离开她,我觉得我会活不下去吧。但是我更讨厌离不开她的我自己,总有一天,她也会讨厌这样的我吧。

这样患得患失的我,要比绝望痛苦的我,更让人嫌弃吧。

04

我和女朋友是在酒吧演出的时候认识的,我像往常一样,傍晚醒来,吃饱,洗漱完,就拎着吉他去了常去的那家酒吧,唱完歌我就走了,想沿着河边散散心,走着走着,就听到背后有人叫我。

我走路很快,我觉得我是在散步,别人却可能觉得我在跑步。跑步就跑步吧,飞快跑步的时候,人会开心一些。

我听到有人叫我的名字,就回头去看,是一个很清秀的女孩子,看着只有十八九岁的样子,一问,还真是大学生。我在酒吧唱歌的时候,她就在我不远的地方坐着,她说她就是冲我来的,也许我看到了她,但是没有放在心上。这也不能怪我,每天都会有无数人从我们面前经过,可是我们能记住几个呢,如果不说话,一个也记不住。

05

她跟我回了我的住所，我觉得她有些开放，她却说她太痛苦了。她刚刚失恋，失恋的原因很可笑。因为男朋友总是对她挑三拣四的，她很生气，有个男的恭维她，觉得她哪儿哪儿都好，她就跟那个男的上床了。然后被男朋友知道了，就分手了。

她说她其实很爱她的男朋友，她对那个男的没感情，她就是想报复下总是对她挑三拣四的男朋友，可是两个人就这样分手了，爱情到底算怎么个事啊。

我不知道怎么安慰她，我还没有遇到过这样的事情，于是我们就闲聊，聊了一晚上。聊到了天亮。

如果说她是个坏女人，那么她应该没有负罪感，应该很享受周游在一群男人之间，可是她明显不享受，她明显很痛苦。所以她不是个坏女人，她只是个孩子。

所以我就想，是不是不管大人小孩儿，是个人都是有欲望的，喜欢被恭维也好，身体需要也好，都是欲望，都需要喂饲，如果不管不问，欲望就会跑出来把人吃了，把好好的生活毁了。

我有时候不想去唱歌，不想起床，就想在床上躺着，这也是一种欲望吧。如果我真的躺着不起来，那么等我想去酒吧的时候，那里一定已经坐了替代我的人。

所以说人不能放纵自己，如果你爱一个人，就好好爱他，不爱了就告诉他，不要折磨他。不要一边说爱他，一边赖着不起床，等到他身边有了别的人，你又问爱情为什么是这样。

世界上哪有不劳而获的爱情，你不关心你的女朋友，你挑剔你的女朋友，她就会跟关心她恭维她的人上床。有因必有果，你不认真工作，就会饿死他乡。

06

我已经很久没有去酒吧了，女朋友说："不去也好，你赚一百万，每天花一万，一百天就花完了，然后还得再去赚。只能快活一百天。"

你赚十万，一天花十块，你可以一万天不去工作，一万天是多久，是三十多年。差不多可以一直到老。

我很欣赏女朋友的观点，于是我们就把自己关在房间里，什么也不做，饿了就吃泡面，她不去上学，我也不去工作，渐渐地，我们就疯了。

我们又不是猪，难道我们对生活的要求，就是活着什么也不做？

我觉得我们应该去做点儿什么。女朋友也没有拒绝我的提议。

于是我们去买了一台相机,我给她拍了很多很漂亮的照片,把她拍得像天使一样。我们去买了结婚戒指,没有婚礼,没有结婚证,但是我们觉得我们结婚了。用老百姓的话说,我们已经有了夫妻之实,我们不能抛弃对方。

过去我不觉得一切都是虚无,觉得自己能够战胜一切,但是最后,我发现我根本战胜不了心中的恶魔。人始终还是要有所信仰,有所敬畏,有了敬畏,心中的恶魔才会被抑制,才不会轻易出来作祟。

我们去吃各种好吃的,泡面我们已经吃吐了,我们从街边第一家餐厅吃起,一个月就吃遍了一条街。然后去隔壁街的商厦,从一楼吃到了五楼,还好六楼都是按摩店,不卖吃的。

好像情侣就该是这样,生活就该是这样。我们去旅行,去不同的城市,不懂外语没关系,中国这么大,有很多很多的远方,很多很多陌生的地方。

可是很快我们的钱就用光了,她觉得她应该去上学,我觉得我应该去工作。但是我的工作已经被取代了,她也已经被学校开除了。

社会没有给我们任性的机会。社会上人太多了,你任性你就一定完蛋,你作死你就一定会死得很惨。呵呵。谁也不能例外。你常常会觉得你自己是个例外,但那是错觉。

07

我只好在马路边唱歌，女友负责收钱。这样更像是秀恩爱，所以我们的收入很惨淡，只能继续吃泡面。

后来我跟女友说，我们可能得分开，那样显得惨一些，我一个人唱歌，你晚上来收钱就行。

可是女朋友说，我在变相地跟她提分手。

于是我们就第一次分手了。说是第一次分手，是因为我们很快就和好了。就分手了五分钟。因为冷静下来想想，我们都没地方可去，我们是同类人。这个世界上可能就剩下两个我们这样的人了。别人都不理解我们。如果我们抛弃了对方，就会立刻变成全世界最孤独的人。我不怕分手，我怕孤独。

其实以前我也不怕孤独的，或者说不知道孤独是什么。女朋友跟我在一起之后，我享受了快乐之后，才知道与快乐相对的是痛苦。享受了陪伴之后，才明白与陪伴相对的是寂寞。

可是孤独是什么呢？孤独是你在人山人海中，找不到一个可以说话的人，没有人懂你，没有人理解你；孤独是离开了这个人，你就觉得你被全世界都遗忘了，抛弃了。

我以前不懂这种感觉，我觉得所有人都这样吧，所有人都是孤独的，所以我也就习以为常了，就像你要死了你会难过，但如果是世界末日了，就无所谓了，就爱咋咋地吧，反正大家都要死了。我曾经以为孤独也是世界末日，反正大家都要死的，也就不用放在心上了。

可是直到女朋友出现在我生命里，我才发现，人是可以不孤独的，爱情可以让人摆脱孤独。这就是爱情让人上瘾的地方。

但是爱情又是短暂的，不能让人永久地摆脱孤独。而且在短暂的摆脱之后，爱情的消失还会带来很多副作用。

比如我只是抑郁症，只是悲观绝望厌世，后来又得了被害妄想症，从妄想，又发展成幻听、幻视。想到的、听到的、看到的、都不是真的，多可怕。而且更严重的是，我开始心悸，心律不齐，彻夜难眠，浑身冒冷汗，走路不稳。连我的身体，都不再听我控制。

08

不知道在床上躺了多久，我实在太饿了，我决定走出房间，结果站起来的时候，也许是饿了太久，也许是心悸或者冷汗冒太多的缘故，我身子一软，就摔在了地上。摔得很疼，我索性在地上趴了一会儿，趴着的时候，我发现床底下有四枚硬币。于是我把女朋友也叫了起来，我觉得我们应该去找我的朋友借点儿钱，开始新的工作，开始新的生活。这四枚硬币，可以把我们带到朋友身边。

可是女朋友不愿意去，她让我一个人去，她说四枚硬币，我一个人去了还能回来，如果我们两个人都去了，借不到钱，家也回不来了。

我只好一个人去了。我的朋友是个卡车司机，过去他是一个贝斯手，我们组过一支乐队，但是玩音乐把我们都玩成了穷鬼，追梦想把我们都追成了异类。等年纪到了，家里安排他相亲结婚，他也浪荡累了，就结婚了。他结婚后，我们就再没有联系过，因为他变成了上了套的驴，我还是野驴，不同命运不同性格的驴，吃不到一个槽里。后来听说他为了养家糊口，就开起了大卡车，好像赚了不少钱，还生了个大胖小子。

俗话说笼鸡有食汤锅近，野鸟无粮天地宽。各人有各人的选择，谁也不能说谁的选择就一定对，自己开心就好。

我去找他，也实在是迫不得已，因为我朋友很少，搞音乐的朋友，大都比我还穷。我想如果他拒绝我，我也不能怪他，但是没想到他真的会拒绝我。这就是现实吧。他说他的钱都在他老婆手里，他摸了半天口袋，只摸出了一把硬币，硬币就硬币吧，我带着硬币回到住所，女朋友却不见了。

我给她打电话，她说她回到了学校，在宿舍里睡着了，她说学校允许她去上课，她的爸爸妈妈帮她疏通了关系，她说周末就来看我。

我很高兴，我们又恢复了正常的生活，她上学，我工作。我回到我过去唱歌的酒吧，老板说："你想来就来吧，客人们还蛮怀念你的，毕竟你的声音，是没有人能够取代的。"

09

到了周末，我和女朋友在房间里睡得昏天暗地的，睡醒后我发现太阳好大好晃眼啊，我决定出去看看，就从房间里走了出来。

女朋友挽着我的胳膊，我觉得好幸福，我问候沿途看到的每个人，给他们介绍我的女友，他们像傻子一样看着我。女朋友劝我不要理睬他们，她让我带她去买衣服，我们要穿情侣装，我们很久没有穿情侣装了。

我们坐上了公交车，还好我出门前带足了硬币，可是我投币的时候，司机像看傻子一样看了我一眼，女友笑着对我说，不要生气，我们已经开始了新的生活。

车上的空位很多，我让女朋友坐在靠窗的位置。公交车上的窗户被打开了，风吹进来，吹起她的头发，她真的好美好美。

我想起我们刚认识的时候，我就是喜欢她的头发，我盯着她的发梢看，她脸红着说被看得不好意思的样子让人沉醉，我当时真的是看呆住了。后来知道她也喜欢我的时候，我开心得想要飞上天和太阳肩并肩。

一转眼就过去这么久了,我陷入了对过去的回忆中,女朋友似乎也在想事情。我们都不说话,直到公交车开到市中心,人多了起来,突然有个人让我让一让,他要坐到我身边来。

我很生气,那种感觉,就像有人拿着枪对你说:"把你的女朋友交出来。我征用了,永久地征用了。"

于是我跟那个人打了起来,起初也没有打,我只是说,滚开。

然后他就生气了,问我骂谁。

他一问这话,我就觉得他真是个傻瓜,明显是骂他啊。就我们两个人在对话,我不是骂他还能是骂谁。

我觉得如果有人骂我,我一定不会问对方骂谁,管他骂谁,先大耳光抽过去再说。

我想如果我再跟他争论,就变成跟他一样的傻瓜了。于是我们就打了起来。

可是女朋友劝我不要打了,女朋友说:"我们下车吧。"

于是我们就下车了。

好在附近就有一个大商场,我们进去买衣服,卖衣服的都在四楼，我们坐电梯上去，人太多了。我把女朋友抱在怀里，但还是很多人挤到她，我很生气。这是一个蛮横的社会。

好不容易到了四楼，女朋友挑了一条连衣裙，我挑了一套情侣外套，我还想看看情侣鞋，可是女朋友说："我们先穿上，站在一起看看好不好看。"

于是我们就站在了镜子前面，站过去我就愣住了，镜子里只有我一个人，女朋友在跟我说话，可是镜子里看不到她。

镜子里只能看到我一个人，自始至终都只有我一个人，像个傻瓜一样，站在那里。

好人王：
不求长命百岁，但求问心无愧

　　而王德全，开着大卡车行走在异乡的时候，也许会有一场艳遇，改变了他的命运，也说不定。也许他这一生，就这样浪荡下去了。

　　>>>

01

因为考驾驶证的缘故，我有了一帮来自三教九流，这么说可能不太好听，总体来说是来自各个阶层的同学吧。又因为总是考不过，连续补考的缘故，长久的接触让我跟其中的几个人成了朋友。

驾校的同学，虽然也是同学，和上学时又不同，很难产生同窗之谊。所以就算是交了朋友，也都不走心，无非是一起聊聊天，吃吃饭，酒肉之交罢了。

但人生在世，十年修得同船渡，百年修得共枕眠。能够成为酒肉朋友，相聚几个月，也是一种缘分。所以今天就写写我在驾校遇到的一个特别的人。

这个人是我到驾校后结识的第一个朋友，如题所示，他就是好人王。这个名字一看就是绰号，而且是我给取的绰号。他本名叫王德全，名如其人，道德方面非常全面，从不干缺德的事情。

02

好人王身高近两米,双手大如蒲扇,就河南人来说,算得上是人高马大。而且他人瘦,又惯爱穿衬衣,加上裤子也不算宽松,整个人看上去,像个竹竿一样。

自我注意到他开始,他每天都是第一个到驾校。因为驾校有规定,按照每个人到的顺序来定练车顺序,到得早常常可以比别人多练一把。好人王倒也不是贪这一把,只是他觉得人到中年,时间宝贵,浪费不起,他想早点儿考到驾照,远走高飞。

我每次都是第二个到,因为我家就在驾校隔壁,早起吃过早饭,没事我就溜达过来了,每次过来,看到离家十多千米的好人王已经蹲在摩托车边一口馒头一口烟的时候,我都觉得这个人不容易。

有次我忍不住问他:"怎么不在家吃了饭再来,嫂子做的饭不好吃?"

他总是笑笑说:"早点儿来早点儿走,我这个人是急性子,不喜欢磨叽。"

"知道你来练车,嫂子也不提前把饭做好?就让你啃馒头?"

"你们村馒头店的馒头好吃。"

因为不算熟,我不便细问,只是诧异,像他这个年纪的人,大都是老婆孩子热炕头了,他怎么过得像个高中生。

好人王虽然说他着急练车,每次都第一个到学校,但若有人自称有急事,来得比他晚却要排他前面,他从不拒绝,有时候还主动让老弱病残孕先练车。遇到驾校的车胎漏气或者需要加油,他也总是第一个上前帮忙。而做这些,在我看来,常常是出力不讨好的事情。

我们考驾照的时候,正是夏天,室外热得要死,车上更热,练车的时候经常会口渴。渴了就去附近的小卖部买水,每个人都是只买自己的,只有好人王,买饮料永远是见者有份。后来觉得饮料不过瘾,他还从家里带了败火的茶来,每天一大桶,整个驾校的人都要受他恩惠。所以我一张口叫他好人王,其他人也就跟着叫开了。

但是好人王不居功自傲,他总是说,咱们能相遇是缘分,帮别人点儿忙,是做人的本分。而且付出的快乐并不属于收获。只不过很多人自私惯了,体会不到付出的快乐。

好人王今年四十岁了,有些以前就认识他的人,经常会说一些他的事迹,比如早些年运河没有断流的时候,他独自修好了村里的小桥。村里的小学漏雨,他因为补漏差点儿从房子上摔下来。

好像他从小到大都是这样,任劳任怨,觉得帮助别人比自私自利更快乐。不过说实话,这样的好人,在小地方,不是那么容易被世俗相容,大家都钩心斗角的,就你一个人无私奉献,大家要么当你是傻子，要么觉得你虚伪。好在好人王从不在意这些，永远是做自己的好事，让别人去瞎扯淡。

03

不过后来我才知道，就是这样一个好人，四十岁了却没有老婆。这是挺怪异的事情。他不穷，也不丑，虽然是农村户口，但农村像他这么大还没老婆的也没几个，就算有，也都是慵懒狡猾之辈，一个勤奋善良的帅小伙，怎么就没老婆呢？我问过几个以前就认识他的人，但没一个知道原委。直到有一天，驾校来了一个新生，这个新生是王德全的邻居，对王德全的事情几乎无所不知。

王德全不在的时候，他的邻居跟我们讲了王德全小时候的事情，他曾经暗恋过一个姑娘，偷偷送了姑娘不少东西，但后来却被村里另外一个人抢了先，那个人告诉姑娘说东西全是他送的，姑娘后来跟了那个人，结了婚生了孩子，才从别人口中听说当年偷偷往她家门口放青菜萝卜的是王德全。

于是那个姑娘就觉得对不住王德全，在王德全准备结婚的时候，她就作为媒人给王德全牵线。

说的第一个姑娘，是隔壁村的村花，不但人漂亮，还有才华，在那个大学生还被视为天之骄子的年代，村花以全村第一的成绩进了镇里的初中，又以全镇第一的成绩进了县高中，就在要从县高中去省里甚至首都读大学的时候，家里遇到点儿变故，导致学习成绩下滑，差了几分没能考上大学。

姑娘从此就有些抑郁，王德全就是这时候走进了她的生活，好人王照顾起人来是无微不至的，所以没多久姑娘家就同意了这桩婚事。

结婚的第一年还好，从第二年开始，姑娘的抑郁症就有些加重，总是说一些胡话，甚至半夜梦游去很远的地方，或者干脆就离开家回娘家去住。

王德全最初给村里修桥，大冬天在齐腰深的水里钉木头，就是为了方便老婆回娘家，他怕糊里糊涂的老婆一不小心跌到河里去。

那时候的乡亲们从河边走过，总能看见一脸苍白的王德全，一边哆嗦着嘴唇，一边把木头重重地钉进河床中，那副样子很悲壮，直到现在，一被人提起，总能听到长吁短叹声传来。

桥后来是修好了，老婆却是彻底疯了，除了自己家的人之外，谁也认不出，可怜王德全无私奉献了两年，村里的桥成了孩子们的乐园，老婆倒是完全记不得他是谁了。

王德全的这个老婆后来就在娘家住了，一住就是十年，王德全也就等了十年，十年里他经常去岳母家，想尽办法希望老婆能恢复正常，能认出他。结果最后老婆不但没认出他，还在一次梦游时出了车祸。

村花妻子死后，王德全小时候暗恋的姑娘又开始给王德全介绍对象，这时候王德全已经三十多岁了，愿意跟他结婚的大都是离过婚的女人。

04

王德全也不挑剔，没多久就在媒人的撮合下跟一个外地来县城务工的女人结了婚。这一次婚姻生活还算美满，村上的人经常看到王德全骑着摩托车带着老婆出去玩，逢人就散烟。

可惜三年过去，王德全也没能让老婆怀上一个孩子，当年修桥累坏了身子，医生说王德全可能一辈子都没法要孩子了。

屋漏偏逢连夜雨，三年后的一个深夜，一个陌生的男人找到了王德全的家，三言两语就把王德全的老婆领走了。

王德全的老婆走后，大家才知道，原来来的那个男人是王德全老婆的前夫，因为打架伤人被判了三年，现在刑满释放，就来找前妻了。

这件事过后，王德全就再没动过结婚的念头，别人再给他说媒他也一概拒绝了。虽然好人好事还是在做，白头发却是越来越多，笑容则是越来越少。

老婆跟人走了之后又过了三年，王德全就出来考驾照了，他想学会了开车，做一个长途货车司机。离家尽可能远一些，一直在路上，就可以少听些闲言碎语。

王德全的邻居在讲完王德全的经历后，话锋一转，开始提醒我们要离王德全远一些，说这个人太倒霉了，跟他走太近会运气不好，别的不说，起码考驾照容易不合格。我起初还不信，后来科三连续考了四次还不及格之后，我也有点儿担心了。

因为四次里有三次碰上暴雨，虽然雨季下点儿雨很正常，但每次都是别人考的时候小雨，我一上车就下暴雨，搞得不光倒车镜，连路面都看不太清，能考过才真是见了鬼了。唯一的一次大晴天，考过之后车上的电脑系统又出了问题，没录上，只能再考。

王德全听说了我的经历后，也开始主动远离我，我跟他说话他也总是装作没听到，久而久之彼此就疏远了，再后来他顺利考过了科二科三科四，我也就没在学校里见过他了。

但是我时常还是会想起他，想起他的爱情故事，正所谓造化弄人，有时候命运这种东西，还真是能搞得人没脾气。我想要不是我最后一次补考过了，可能也会像王德全放弃婚姻一样，放弃考驾驶证。

而王德全，开着大卡车行走在异乡的时候，也许会有一场艳遇，改变了他的命运，也说不定。也许他这一生，就这样浪荡下去了。

他经常说做好人未必有好报，做坏人一定活不长。他做了一辈子好事，也未曾见过什么好报，但是也算是太太平平地活了四十多年。

有本很经典的书叫《了凡四训》，里面讲了个人，一辈子做好事，本来应该早夭的，硬是活了近百岁。有时候想想，也许王德全也是受了《了凡四训》的影响，也许他做的一些好事，无形中，都给他增加了寿命。所以他才会说，做好人未必有好报，做坏人一定活不长。

我也是认识他之后，才养成了日行一善的习惯，不求回报，只是积德行善，积累得多了，人的命运，也许真的可以改变。

贼人白：
爱是相互扶持

　　如果他仅仅是一个小偷的话，那么无论如何，这种人在敬而远之之后，就应该忘记的。偏偏他是一个有恩于别人的小偷，而且因为这点儿恩惠，他的后半生都被眷顾了。
>>>

01

　　山东枣庄给我留下最深刻印象的不是大枣,也不是菜煎饼,而是白真。按我说,他的名字应该反过来读,叫真白。一个大男人,长得玲珑剔透细皮嫩肉的,干什么不好,非要做小偷。

　　虽然我认识他的时候,他偷来东西只是看,不卖钱,但毕竟是侵害别人利益的事情。我们已经绝交很久了,但我还是会时常想起她,想起他那个奋不顾身扑在他身上替他挡拳脚的女朋友。

　　那一年我才十七岁,跟着乐团全国跑,一个月只有五百块钱,但是能够上台弹琴唱歌,给不给钱我都很开心。而且乐团包吃包住,我就当全国旅行了。

　　白真是在乐团里跳舞的一个女孩的男朋友,一开始我以为他就是个吃软饭的,平时什么也不做,女朋友到哪里他到哪里。

后来他主动请我吃饭，我们俩才熟悉起来。他喜欢吃猪头肉，喜欢喝二锅头，高兴了哈哈大笑，难过了闷不作声，如果不是后来知道他的怪癖，我还蛮喜欢和这种简单的人交朋友的。

02

白真从小就喜欢拿别人的东西，那时候他还不知道他的行为是偷盗。他从小倒是也不缺什么，但就是手长，看到喜欢的就想拿，不拿就手痒。

最大的问题就是，他爸妈小时候过度溺爱他，每次发现他拿了别人的东西，非但不训斥他，他被别人发现被别人打的时候，他爸妈还袒护他。

等到上了初中，他还是恶习不改，但好在他拿的都不是什么值钱东西，也算是顺顺利利长大了。初中毕业后，他因为厌学，就开始在社会上混，然后就认识了他的女朋友，一个喜欢跳舞的女孩子。

认识这个女生后，白真的人生就彻底滑入了谷底。他本身没有什么赚钱能力，又需要钱来追女孩子，一开始他都是偷偷从家里拿，被家人发现后，钱都存到了银行，银行卡爸妈都随身带着，防他像防贼一样，他就不好意思从家里拿了。

但偷东西对于他来说就像吸毒，是有瘾的，加上物质上的需要，他偷盗的东西越来越多，越来越贵重，但是换来的钱，他都用来追女生了。

人长得帅，又舍得花钱，很快，他就和他喜欢的女生在一起了。在一起之后，花销更大了，他偷盗的次数也就更多，但因为是自小就养成的坏毛病，他非常机警，不仅没有被人抓到过，也没被女朋友发现。

陷入爱情里的姑娘，智商都会下降，每次白真偷来最新款的手机、单反相机、钻戒、八音盒，甚至钢琴、小提琴送给女友的时候，女友都很开心，觉得自己的男友简直是万能的。

她不知道她在街头随便看上的首饰、衣服，乃至冰淇淋、小甜点，都是她的男友用偷来的钱买的，而且因为男友的溺爱，她花钱越来越大手大脚。有一次硬是在一只价值十万块的手镯前迈不动腿了。

为了满足女朋友的心愿，白真把那家奢侈品店洗劫一空，包包、钻戒、手镯、香水、名表等一应俱全。那次白真差点儿被抓到，但因为是差点儿，所以让他有了骄纵的心理，觉得自己福大命大，再怎么折腾都不会出事。

直到和女朋友在一起的第四年，因为考上了外地的一所艺术学校，女友需要一大笔钱，而且是现金。

白真过去都是偷东西，换来的钱都是给自己或别人直接花掉，手头偶尔有点积蓄，也都是零零碎碎的钱，一下子让他搞一大笔现金，还真是有些为难他。

但是女朋友没有赚钱的能力，女朋友家里也没钱，事情只能由他来解决。他想到的解决办法也很简单，那就是抢，看谁从银行大额取款，他就尾随对方，抢了就跑，遇到顽抗的，就一棍子打晕。

抢劫和偷盗虽然都是犯罪行为，但已经算是两个行业了，隔行如隔山，习惯了偷盗的白真对抢劫毫无经验，没搞几次就被抓住了。不过被抓住之前，他已经凑够了女友上学需要的钱。

被抓之后白真对犯罪行为供认不讳，但是他抢来的钱去了哪里他死活不说，最后因为赃款下落不明，他被判了十年刑，后来因为表现良好，七年就出狱了。

03

被抓住判刑后，白真的女友担心自己被连累，七年间一直没有去看白真。但时间并没有淡化他们的感情，白真出狱后立刻去找了他的女友。那时候白真的女友已经毕业在演出团工作了，还谈了一个男朋友。但是看到白真后，她立刻跟男友分手，重新投入了白真的怀抱。

自此以后，就像报恩一样，女友去哪里都带着白真，靠着跳舞赚的钱，勉强也够两个人花销。唯一的麻烦是，白真有时候还是会像犯病一样去偷窃，偷来了也不卖钱，但他还是改不了这个毛病。

我在认识白真一个月后，在外面玩碰碰车的时候认识了一个男孩子，他负责收碰碰车的门票，他以免费给我玩碰碰车为代价，让我带他去歌舞团看跳舞。

我带他去看跳舞的时候，正遇上白真的女朋友在台上，他女朋友很漂亮，如果不是遇到白真这样的废物，可能会有一个灿烂的人生。可惜人的命运也许变幻莫测，就在她翩翩起舞的时候，台下一声"抓小偷"，我就看到白真被按倒在了地上，众人围着他拳脚相加。

白真被打得鲜血直流，说时迟那时快，只见那个翩翩起舞的身影突然从舞台上一跃而下，推开众人，小小的身子一下子扑倒在了白真身上，她哭喊着："他知道错了，你们别打他，你们别打他了。"

我站在原地，看着她替白真挡了不少拳脚，看着那张因为焦急、担忧和绝望而扭曲了的美丽的脸，忽然有点儿疑惑，这个小子的命运，是幸运还是不幸。

白真细皮嫩肉的，他的女朋友更是温软可人，一开始大家还在拳打脚踢，渐渐地看到两个人紧紧抱在一起，你帮我挡，我帮你挡。众人便下不去手了，毕竟只是小偷而已，也没有深仇大恨。况且眼前的这对伉俪，这对苦命的鸳鸯，反倒是无端生出了点儿悲情的美，众人面面相觑，一瞬间满腔的怒火都如同被浇熄了。

见众人停下来了，白真的女友立刻对着围观的人磕起了头，边磕头边哭求大家放过白真。这时候的白真就像个做错事的孩子，趴在地上一动不动。

众人的怒气渐渐消了，丢失的钱包也找了回来，在白真女友的求饶下，众人没有再计较，本来是打算打完他就送派出所的。

但众人虽然不计较了，白真却已经受了不轻的伤，白真的女友也被打得挂了彩。两个人搀扶着从过道上走出去的时候，白真看了我一眼，那眼神意味深长，好像在说，真惭愧，可能这下，唯一的朋友也要失去了。

04

尽管也有同情，但我做人还是有原则的，没法和这样的人交朋友，可以说偷盗、赌博、嫖娼、吸毒等人，我一旦知道，一概都是敬而远之的。

但是也不能否认，这些浑蛋，有些曾经也是蛮好的人。就像白真，如果不是亲眼看到他因为偷盗被打，别人跟我说他是小偷的话，我是断然不会相信的。

而且即便在他偷盗被打之后，他约我吃饭，解释他偷盗的事情，我也给了他一次机会，听他讲述了他从小到大的经历。虽然依旧不能理解他的恶习，但他和他女朋友的故事还是感动了我。所以我才会单独为他写一篇文章。

如果他仅仅是一个小偷的话，那么无论如何，这种人在敬而远之之后，就应该忘记的。偏偏他是一个有恩于别人的小偷，而且因为这点儿恩惠，他的后半生都被眷顾了。

我这一生遇到过很多女人，听到过很多爱情故事，但可笑的是，最让我感动的却是一个小偷的老婆。

她明明白白做人，干干净净赚钱，本可交一个不错的对象。本可在发现男友的恶习后敬而远之，但是她却反常理地选择了留下来陪伴男友，感化男友。

虽然后来我离开了歌舞团，白真也离开了。但是关于他的事情，我后来还是听团里的朋友说了。

那次公开被打之后，两个人都回了老家，做起了豆子生意。说起豆子生意，那真是天下最好的生意。豆子买回来，要是没保存好，潮掉了，发芽了，那就当豆芽卖。

豆腐渣还可卖给养猪的，晒干还可以酿酒。豆腐要是不小心做嫩了，就当嫩豆腐卖，要是做老了，就当老豆腐卖。豆腐做得太水了，就卖水豆腐，太干了，就卖豆腐干。

豆腐水放得实在太多了，那就卖豆浆，忘了舀起来，那就做豆腐皮。豆腐不小心掉油里了，那就卖油豆腐。豆腐没卖完，臭了，就卖臭豆腐，闻起来臭，吃起来香。豆腐没卖完，烂了，那就做豆腐乳，人人都喜欢。

我不清楚具体他们是卖豆芽还是卖臭豆腐，总之后来是过得不错，生了孩子。白真做豆腐，老婆卖豆腐。因为好看，老婆还被称作豆腐西施。而且老婆替他挡了拳脚之后，白真后来再没偷过。

有时候想想，爱真的可以改变一个人。如果我们选择抛弃，蛮容易。但那个人永远也好不起来。有时候你给他一个机会，也是给自己一个机会。因为很难说我们换了下个人，就会更好。

世界上没有完美的人，但是我们可以无限接近完美。而一个人变得完美永远没有跟心爱的人一起成长、进步、变好，更让人有成就感。

童人麦:
永远保持一颗童心
不好吗

所有人在年少懵懂的时候，都会经历垃圾恋爱，就像所有人年少的时候都会吃方便面和辣条之类的垃圾食品。在平淡无奇的岁月里，能有一包辣条刺激一下，已经让人很愉悦了。
>>>

01

每个月总有几天，闻溪镇的主街上会挤满来自四面八方的小商贩，他们带着各种日用品把能占的位置全占了。那时候还没有城镇规划，没有指定的市场，整个小镇上就一两家粮油店，一两家剃头店，镇上的人全靠这些小商贩来补充日常所需，所以尽管他们堵塞了交通，尽管他们带来的东西质量都不怎么好，但是因为不用去遥远的县城，因为他们带来的东西足够便宜，所以镇上的人还是不讨厌这些小商贩的，甚至期待他们到来的日子。除了麦家的小儿子麦溪。

麦家在闻溪镇是个大家族，在麦溪的太爷爷麦青山活着的时候，他们家不仅统治着闻溪镇，闻溪周围的小镇也都效忠着麦家，地位就像"土皇帝"。

不过麦青山的名号没有"土皇帝"那么好听，老百姓背地里都叫他土匪，土匪头子麦青山。

麦溪的奶奶常常会和麦溪讲过去的事情,她是被麦青山的手下强行从很远的地方抢来的女子,抢来给麦青山的大儿子做儿媳妇,被抢来之后,奶奶就再也没有回过娘家。

虽然麦家的那段历史被奶奶讲得霸道不堪,麦溪听了却很向往,他想如果回到过去,那他就是个小土皇帝,他每天可以带着几个家奴上街,横冲直撞,看到什么拿什么,看谁不爽就揍一顿,虽然是把欢乐建立在别人的痛苦之上,但毕竟也是一种欢乐。年少的麦溪还没有什么是非观,只想着能自私自利地享乐。

麦青山四十岁的时候内战波及闻溪镇周围,麦家的枪队被国民党收编,麦青山从土匪头子变成了国民党的一名团长,团长没做多久,麦青山就死在了战场上。随后麦家的主要成员陆续死去,没死的逃去了国外,麦家的地位一落千丈,从土皇帝变成百姓。

麦溪的爷爷解放后在批斗中惨死,麦溪的爸爸因为出身不好只能留在闻溪镇靠着变卖祖上抢来的古物生活,麦家曾经雄极一时,最后落得饭都要吃不起了。

到麦溪出生的时候,时代变了,改革开放的春风刮到了闻溪镇,麦溪的爸爸开始经商,家境也渐渐有了起色。有了一些本钱之后,麦溪的爸爸就带着麦溪的哥哥去外地经商了,麦溪的姐姐随后也去了省城读大学,家里就剩下年幼的麦溪和不爱出门的妈妈。

因为家境是在麦溪出生那一年改变的,麦溪的妈妈一直都觉得麦溪是家里的福星，非常宠溺他，怕他在学校会被欺负，九岁了都还没有送麦溪上学。

麦溪的妈妈是大家闺秀，还在娘胎的时候就和麦溪的爸爸有了婚约，虽然后来麦家没落了，她们家却没有失约，还是将她嫁到了麦家。那时候的大家闺秀已经不再奉行"女子无才便是德"的道理，稍微有点儿钱的人家都会送孩子去读书，麦溪的妈妈就是其中之一，不仅会识文断字，还会弹琴唱歌，在没有嫁进麦家之前，她还在国外待过几年，能说一口流利的英语。

也正是因为有这些经历，麦溪的妈妈觉得自己完全有能力教好小儿子。麦溪的爸爸起初还反对，后来在中学读书的麦溪的哥哥硬是选择了退学，麦溪的爸爸也就不再说什么了。

九岁的麦溪已经认识不少字了，除了母亲给他看的书，有时候他也会用零花钱到街上去买一两本自己喜欢的旧书。他讨厌熙熙攘攘的大街，讨厌被挤来挤去的感觉，讨厌小商贩身上那股子外来者的味道。所以每次出门他都是直奔书摊，买到书就直接返回，一刻也不想多停。

麦溪的身子很弱。他爸爸的弟弟，那个常年在外漂泊的小叔，每次在过年的时候回来，都会一边塞给麦溪一些营养品，一边捏着麦溪单薄的身子叹息。

麦溪的小叔跟麦溪讲外面的事情，讲得麦溪心驰神往，讲得麦溪觉得书上的好玩的东西远远不能和外面亲身经历的事情比，要想得到最大的满足、最大的快感，还是得像小叔一样去外面游历。可是讲完那些让麦溪向往的东西之后，小叔也会打击一下麦溪，说他的身子受不了漂泊之苦，如果不把身体锻炼好，就只能一辈子待在闻溪镇了。

带着对外面世界的向往，麦溪过完了九岁，在九岁那年的最后几天，小镇的广场上建起了一个篮球场，篮球场建成之后，小镇上的年轻人开始放下手中的麻将、扑克、象棋，拥上篮球场。一旦有什么新兴的东西，小镇上的年轻人必然会一拥而上，玩腻了再一哄而散。篮球的出现让他们走出房间，许多年后电脑走进小镇，他们又不约而同地回到房间，打起网络游戏。

麦溪不喜欢这种集体式的进进出出，可是一想到小叔说的身体柔弱不适合在外漂泊，他就觉得不甘心，在家里考虑了一个月，他还是放下了书本，让妈妈给自己从县城里买了个篮球。

打球，出汗，冲凉，几年过去，麦溪的身体变得越来越健壮。篮球还让他结识了他生命中的第一个女朋友，一个摩羯座的小姑娘。只可惜因为两个人都还太年轻，这段爱情很快就夭折了。但是这短暂的爱情让麦溪推开了青春期的大门，虽然只有一道缝，但透过缝隙他看到了门后那个五彩缤纷的世界，他想彻底把门推开，看清楚门后的一切，但是力气还不够，他渴望在一夜之间长大。而快速成长必然伴随着痛苦，麦溪在迷茫中，疯狂地锻炼着，阅读着，他想只要他有机会出去，那永恒的荣光，必然会照耀他。

02

麦溪十七岁的时候,有了第一次离家出走的经历,倒也不是在家经历了什么非人的虐待,纯粹是觉得长大了,该出去看看了。

目的地也是有的,在苏州。麦溪通过网络认识了一个女孩子。其实是蛮普通的一个女孩子,刚刚高中毕业,闲得无聊,就跟麦溪聊上了,聊着聊着就相爱了,然后就约麦溪见面。

再普通的女孩子,一旦陷入爱河,在爱的人眼里,都是光芒万丈的小公主。所以麦溪毫不犹豫地买了去远方的车票,离开家的时候,只给家里留了张字条,说出去玩几天,很快就回来。

在这之前,麦溪从未有过远行的经历,也没有坐过火车。吊儿郎当地读了几年书,他就在家帮忙照料家里的杂货铺了,像所有普通的闻溪镇少年一样,连麦溪的爸爸和哥哥姐姐,也不觉得麦溪有什么特别,只有麦溪的妈妈,偶尔会对麦溪的不争气叹息几句。

麦溪离开家的时候,奶奶已经去世多年了。他有时候会忍不住想,奶奶的一生幸福吗?奶奶应该没有经历过爱情吧,年纪轻轻就被抢来做了媳妇,她是怎么逆来顺受,安安稳稳地度过一生的呢?她有没有想过反抗呢?在那个饭都吃不饱的年代,爱情重要还是吃饱重要呢?如果说饱暖思淫欲,饱暖让人变得贪婪,麦溪觉得自己宁愿回到贫穷的年代,一心一意地跟一个人在一起。

麦溪是在傍晚的时候到苏州的,女网友在车站等他,女网友很漂亮,穿着雪白的外套,像个天使。她比麦溪想象的要漂亮,麦溪却没有她想象的帅气,但她还是很喜欢麦溪。

他们去电影院看电影、接吻,牵着手在苏州河畔闲逛,走过一所又一所炊烟袅袅的小房子,一直走到了郊区,错过了最后一班回城的公交车。

但是他们好开心,好快活,像全世界所有情侣一样,他们做了所有情侣能做的事情,他们还买了情侣装,他们约好了以后不在一起了就给对方写信。

但是,一切故事里有了但是,就会变得伤感。麦溪在苏州待了一周,钱用完了,不得不回家。刚回家的时候,两个人彼此还煲电话粥,后来,女生被国外的大学录取,隔着茫茫的太平洋,两个人的联系渐渐就少了。

女生渐渐爱上了别人,刚刚品尝到爱情刺激的麦溪,一瞬间从天堂跌到了地狱。自己创造的美好幻觉,只能自己走进现实。

麦溪很快就十八岁了,他的幻想症越来越明显。他总是幻想,女友还没有离开他,一切还有挽回的余地。

女友不在的岁月里,麦溪靠看书打发时光,看一本又一本爱情小说,麦溪觉得那个傻傻的主人公就像他自己,爱虽美好,光芒万丈，但他只是一只飞蛾，不是凤凰。

飞蛾扑火，是自取灭亡，凤凰却可以展翅翱翔，而且关键时刻，还能扇灭火苗，甚至可以浴火重生。

麦溪无法浴火重生。那时候他还不知道，他谈的只不过是垃圾恋爱罢了，是每个人都会谈的垃圾恋爱。他还以为他的恋爱是与众不同的，当然，对于他个人来说，他的恋爱确实是与众不同的，但是对于芸芸众生来说，他的恋爱跟别人没什么不同。

所有人在年少懵懂的时候，都会经历垃圾恋爱，就像所有人年少的时候都会吃方便面和辣条之类的垃圾食品。在平淡无奇的岁月里，能有一包辣条刺激一下，已经让人很愉悦了。

可是垃圾食品是致癌的，就像垃圾恋爱，会让人变得绝望。等到有天醒悟了，知道吃营养品了，身体遭受的伤害，已经弥补不回来了。区别垃圾恋爱和营养恋爱很简单，就是看这份感情能否让人变好，但是这种明辨是非的能力，不是每个人都有的，有的人一辈子都没有这种能力，一辈子都在爱人渣和浑蛋，有的人只是年少懵懂，长大了就明白了。

而且营养食品通常比垃圾食品要贵，要稀少。营养恋人，也比垃圾恋人难得。想得到营养恋人，通常要让自己变得更优秀。麦溪知道，自己还不够优秀。

03

麦溪走出感情伤痛的时候,哥哥姐姐已经成家立业了,爸爸妈妈也把生意做到了县城里,开了一家超级大的购物中心,并且以麦溪的名字命名,就叫麦溪商业中心。

已经到了可以成亲的年纪的麦溪,每天有无数人来提亲,各式各样的女孩子,像商业中心橱窗里的衣服,可以随意挑选。

可是麦溪忘不掉的,却是自己年少懵懂时的那段初恋和天真无知时那一个多月的热恋。倒不是他有多怀旧,是他觉得,爱一个人,就要对一个人负责,自己曾经许下的承诺,怎么能因为对方的反悔,就不作数了呢?

为了躲避父母安排的相亲,麦溪离开了家,去了北京,繁华的首都充满了工作机会。虽然没有一技之长,没有文凭,但是靠着年轻老实,麦溪还是找到了工作,只是都不是他喜欢的,不过是为了暂时糊口罢了。

直到有一天,麦溪在小饭馆里认识了一个导演,导演很落魄,北漂很多年了,一事无成,连吃一碗老北京炸酱面都嫌贵。吃完埋单的时候,导演不住地骂世道,说物价飞涨,说没文化的人越来越多,说他刚来的时候,一碗炸酱面才五块钱,现在居然要二十五块。

麦溪觉得导演有趣,就请导演喝了啤酒,两个人干了几杯,就成了朋友。成了朋友后,两个人就经常在一起喝酒,但都是混得不好的人,只是互相安慰罢了,谁也帮不上谁的忙。

直到有一天,导演拿到一笔投资,做了工作室,就叫麦溪一起去帮忙,麦溪一开始是打杂,慢慢熟悉了影视剧制作流程,后来做上了副导演,中间还试过做灯光和摄影,尽管无所不能,但麦溪始终是羞涩的,从来没有利用职务之便,欺负过涉世未深的或者投怀送抱的女演员。

他们从横店影视城拍到西北影视城,从承德拍到纽约,因为影视,麦溪去了很多他喜欢的不喜欢的甚至听都没听说过的地方。最后麦溪喜欢上了编剧这个职业,他喜欢掌控不同人物的命运,看着这些人一点点在他的指挥下从无到有,从叱咤风云,到黯淡收场。

人的一生,再辉煌,总是要黯淡收场的。麦溪对这一点看得很清楚,可以说经历了几年职场的洗礼后,他已经看透了人生。但是他依旧不开心,依旧没有安全感,依旧觉得他想要的还没有得到。

尽管这些年,写剧本已经让他赚了上千万,已经远远超过了他爸爸、他哥哥、他姐姐,以及他小时候生活的闻溪镇和后来生活的县城里的大多数人。

可是他现在生活在北京城,这里优秀的人太多了,一千万不过是一套位置好点儿的房子的价格,他还差得很远,比他朋友圈里的人都还差得很远。

他只有在开车去公司的路上,听到陌生的电台里传出喜欢的歌声时,内心会泛起一阵波澜,好像又回到了童年,回到了闻溪镇,回到了他们家那所老宅子的屋顶。然而这种走神,不是让他闯了红灯,就是压了线。后来他渐渐地连电台也不听了。

有人说弱者才会思乡,麦溪觉得自己应该不算弱者,但也不算强者。起码从内心来说不算,如果从物质上来说的话,物质的世界,又是没有尽头的。

回想起来,这些年东奔西走,遇到无数人,其中也有人喜欢麦溪,向他表白。但是他觉得自己不能给对方什么。或者因为年少时感情的失败,让他觉得所有的女人都是坏女人,都不值得信赖。也许再遇上一个女人,麦溪的内心就可以强大起来,但也可能,再遇上一个女人,麦溪就毁了。麦溪对待爱情,就像对待一个大大的问号。

04

三十多岁的麦溪依旧住在北京城里,他已经习惯了孤身一人,习惯了下班回家,看会儿小说就睡觉。他从不看电视,也没有什么社交活动。用他同事的话说就是,麦溪一直活在他自己的世界里,拒绝跟现实世界妥协。

其实麦溪不想拒绝什么,只是不想把生活搞得太复杂,不想活得太累,不想去揣摩别人的心思。他的工作也很简单,就是到影视公司里写写写,最初几年写剧本还需要跟人讨论,后来他就负责审核剧本了,看完,写上修改意见,就没他的事情了。他并不享受这份工作,可是这份工作可以给他带来基本的物质满足,他也就懒得换别的工作了。

麦溪可以预见若干年后,他会变得苍老,住进养老院,生活不能自理,吃喝拉撒都要靠别人照顾,最后可能还会失去记忆,患上阿尔茨海默病,到那时候,什么都不重要了。如果结局没有这么坏,他能想到的最好的结局就是退休后没事看看书,有一天半夜感到身体一疼,就离开了这个世界。

等到别人从出租屋里发现他的尸体的时候,整个冬天都过去了。麦溪期待这样的人生,期待早点儿苍老,与世无争,再也不用做什么,安心等死就好了。

这一生他爱过,也被爱过,虽然很短暂,虽然在别人眼里那可能都不算是成熟的完整的恋爱,但是他知足了。

奶奶去世的时候,他回了一趟家。爸爸妈妈去世的时候,他也回去了。除了这三次,麦溪出来后,就再也没有回过他的故乡,在他看来,他乡比故乡更亲切,陌生人比亲属更让他安心。

游人宫：
来呀，挥霍呀，
反正有大把时光

//

　　她跟我说，从那以后，她知道，无论一个男人看起来多么优秀，家境有多么好，如果他不能约束自己，那么一切都会完蛋。自制力是幸福的保障，再强大的爱情，也抵不住一个没有自制力的人的挥霍。

　　>>>

01

游人宫的游,不是游玩的游,而是游戏的游,在和我有关的人里,他的游戏打得最好,他花在游戏上的金钱、时间和精力也最多。当年所有在网吧流行过的游戏,他都要打到满级,他的追求,就是在游戏的世界里成为王者。花十万人民币买装备,花五十万打通关一个游戏,花一百万讨一个在游戏里认识的女孩的欢心,是他常做的事情。

但关于他的故事,并不是我亲眼所见,而是瑶瑶讲给我听的,瑶瑶是他的迷妹,爱了他整整十二年。在讲他之前,瑶瑶先跟我讲了一个车行老板的故事。

02

那时候瑶瑶还在外贸学院读书,有个开奶茶店的男朋友,瑶瑶经常去奶茶店帮忙。一来二去,男朋友的朋友她就都认识了,我们要说的车行老板，就是瑶瑶男朋友的一个狐朋狗友。

瑶瑶是个很漂亮的女生，虽然已经有男友了，但挖墙脚的人还是不少的，其中就有男朋友的那些狐朋狗友。

当时有个喜欢溜冰打桌球的男生喜欢瑶瑶，想过挖墙脚，但是没勇气。毕竟瑶瑶那时候跟男朋友还是很恩爱的。

爱溜冰打桌球的男生，我们就叫他溜冰男吧，在一次和车行老板的聚餐中，透露了自己喜欢瑶瑶的事情。

车行老板就拿这件事情，来靠近瑶瑶，说："你知道吗，溜冰男喜欢你。"

瑶瑶很蒙圈，因为在她的印象里，溜冰男是个很简单的男生，她跟他的关系非常简单纯粹，要是有一方动了情，就没法做朋友了，面都没法见了。

而且就算喜欢，干吗告诉别人呢，明知道女孩已经有对象了，而且对象还是认识的人。这种事情，不是应该深藏心底吗？

瑶瑶因此就开始疏远溜冰男，直到有天溜冰男来问原因，瑶瑶就说："车行老板说你喜欢我，所以我觉得我们还是保持距离好。"

溜冰男倒是没有为难瑶瑶，但他因此恨上了车行老板，觉得车行老板利用他来靠近瑶瑶，肯定是别有用心。

但别有用心这种事，不到心思暴露，谁也说不准。直到瑶瑶和男朋友发生了争执，车行老板真的过来嘘寒问暖了，溜冰男才提醒了瑶瑶，让她提防车行老板。

但是在瑶瑶看来，车行老板很大度，总是说溜冰男的好话，甚至撮合她和溜冰男（后来才发现是假意撮合，明修栈道，暗度陈仓），而溜冰男却在背后诋毁车行老板。这样一对比，人品高下立判。

对车行老板一旦有了好感，接触也就多了，等到有天和男朋友闹了大别扭，车行老板一恭维一献殷勤，瑶瑶就有些动心。两个人就开始经常一起吃饭逛街什么的。本来毫无交集的两个人，因为溜冰男而认识，并且成了朋友。事后瑶瑶回想起来，还真是觉得人性曲折可怕。

有时候你被利用了，也毫不知情，被卖了，还是会帮人数钱。一切必须等到水落了，石头才会出来。

再后来瑶瑶跟车行老板恋爱，分手。很多年后，想起往事，想起被当跳板一样利用的溜冰男，瑶瑶心里像吃了苍蝇一样难受。她讨厌耍心机，讨厌复杂阴险的人。她怀念小时候，那时候的人，爱或者不爱，都直截了当，没有那么多花花肠子。

03

瑶瑶说的游人宫，就是那种她小时候就认识的人。其实也不小，那时候已经有十四岁了。因为家里开了网吧，她没事就在家里的电脑上打游戏。

那时候喜欢在网吧打游戏的人，大都是在现实社会中无所事事的混混或者学生，在现实中找不到存在感，找不到归属感和认同感，活在底层，活得很差劲，于是就去游戏的世界里找存在感。我一度鄙视这样的人，当然，我鄙视也没啥用，因为这个故事，都是瑶瑶讲给我听的，没我什么事。

游人宫不是个混混，也不是学生，他那时候，算是豪门的庶子，继承家业没他的事情，一辈子会花钱会享受，别跟哥哥对着干就好了。

因为无所事事，他天天都在玩游戏，因为舍得花钱买装备，他在很多游戏里都是高手。那时候玩游戏，很多小透明都喜欢跟在高手后面捡掉落的高手看不上的装备，游人宫不仅仅是高手，更是个土豪，打得爽了，还会随时送人装备，送人钱币。

那时候的瑶瑶，就是个跟在游人宫后面捡漏的小透明。和别的小透明不一样，瑶瑶只跟游人宫一个人，虽然没有契约，也从不对话，但自从跟着游人宫捡过几个不错的装备后，瑶瑶就像是游人宫的跟班。有他出现的地方，她一定紧跟着。

后来游人宫也发现了这个小跟班，看着还是个女孩，就加了好友，还阔气地送了她一身衣服，管她叫妹妹。

瑶瑶一直想有个哥哥，可惜爸妈没给这个机会，如今在网络世界里有个哥哥了，虽然是虚拟世界，她也特别珍惜，跟游人宫跟得就更紧了。而且没事还打怪练手，想在关键的时候，能帮游人宫一把。

04

两个人真正熟识起来，是因为一个疯狂追求游人宫的女孩子。她莫名地看不惯游人宫身边的这个妹妹，她也想让游人宫叫她妹妹。

可游人宫注意到瑶瑶是偶然的，认她做妹妹也是一时兴起。突然有人刻意要认他做哥哥，他是怎么也接受不了的，他是衣来伸手饭来张口惯了的人，只喜欢主动，不喜欢被动，所以他就拒绝了那个疯狂追求他的女孩。

那女孩被游人宫拒绝了，却不生游人宫的气，反而跑过来欺负瑶瑶，说瑶瑶真有心机，用做妹妹的套路来傍大款。

游戏的世界，瑶瑶本来不当真的，但是她觉得她跟哥哥的关系，容不得玷污，于是就跟那女孩打了起来。

两个女孩为了一个男人打架，很快就吸引了一帮人，游人宫也被吸引了，看到他认的妹妹被打得落花流水的，他就出手灭了那个女孩。

虽说好男不跟女斗,但事关自己认的妹妹,也算是英雄救美了。瑶瑶和游人宫的关系由此加深,当天就在游戏之外,加了彼此的QQ。

通过QQ相册,两个人看到了彼此的照片,游人宫虽然是个纨绔子弟,但是长得足够帅气。瑶瑶虽然年纪不大,但也已经出落得亭亭玉立。

于是两个人不久就留了彼此的电话,但这并不算是网恋,还是兄妹情,而且瑶瑶渐渐地也知道了,游人宫在现实世界里已经有女朋友了,而且是青梅竹马,家里一早就给他安排好了。

不光是女朋友,游人宫的一生,都被家人安排好了,那就是不给游家丢脸就好,钱可劲儿地花,等到了一定年纪,就和一个富家千金结婚,像极了古时候的联姻。家里万般宠爱,长大了,不过是一颗稳固江山的棋子。

05

但遇到瑶瑶之前,游人宫习惯了家里的安排,他也乐得清闲,有时间,有金钱,可以尽情挥霍,对于他来说,也蛮好的。

遇见瑶瑶后,游人宫想抗争一下,起码是在女朋友这件事上抗争一下。所以在瑶瑶跑到游人宫的城市约他见面的时候，他不仅答应了见面，还在见面后，答应了做瑶瑶的男朋友。

可惜毕竟是靠家里吃饭，自己没有什么本事的男人，恋情被家人知道后，家里立刻给游人宫断了一切经济来源。

习惯了衣来伸手，饭来张口的游人宫，突然发现没有钱他什么也做不了，游戏都没法玩，于是他妥协了，继续跟家人安排的女生在一起，虽然没有和瑶瑶说分手，却不再和瑶瑶见面。

瑶瑶得知了事情的原委后，也不着急，她觉得未来还长，时间还早，她可以等，等到游人宫回心转意，她对自己有足够的信心，她觉得游人宫总有一天会来找她。

你若不来，我可以等，但绝对不会死皮赖脸去找你去求你。这就是我欣赏的瑶瑶，不过我也料想不到，这一等就是十年。

十年后，到了游人宫要结婚的年纪，他却没有去参加婚礼，在大家都在为他的婚礼忙活的时候，他去找了瑶瑶。

这十年，瑶瑶认真地读书学习，把自己塑造得越来越美好。她考到了游人宫所在的大学，不仅年年拿奖学金，还因为长得好看，去接了一些杂志广告的工作。

游人宫家里开的酒店的杂志封面，就时不时会用到瑶瑶的照片，游人宫也是看了一则关于瑶瑶的采访，才知道她这些年的坚持。

这些本该发生在故事里的事情，一旦进入现实里，要比故事更加感人。游人宫像大彻大悟一样，逃婚后不久，就把瑶瑶带回了家。

婚已经逃了，合作伙伴已经得罪了，游人宫带回来的这个儿媳妇也不错，游家也就认了这门亲事，只是没有给两个人举办婚礼。

06

和游人宫在一起之后，瑶瑶就进入了游家的酒店工作，帮游人宫的妈妈打理各种家族事务，她天性聪颖，又肯学，很快就受到了游家上上下下的喜欢。

这本该是一个非常美好的故事，相爱多年的人，最终走到了一起。可惜因为游人宫的不争气，让瑶瑶十年的坚持，都化为了泡影。

那是一个夏天，瑶瑶半夜睡醒了，看到游人宫不在身边，就出去找他，出了房间，就看到游人宫的书房亮着灯，她悄悄走过去，想看看自己心爱的人半夜不睡觉在干吗，不去看不要紧，一看吓一跳，游人宫在网络上赌博，而且是一掷千金的豪赌。

虽然知道赌博会毁了一切，但因为深爱，瑶瑶还是瞒着游家上下。直到有一天，瑶瑶从酒店回到家，推开门，就看到一地鲜血。

游人宫的哥哥追着游人宫,从书房追到客厅,从客厅追到卧室,从卧室追到餐厅,从餐厅追到健身房,最后在楼上的阳台上,打得游人宫站不起来了。

一地的碎玻璃,鲜血,破碎的家具,鱼缸倒掉后在地上挣扎着无法呼吸的鱼,和游人宫因为恐惧和疼痛缩成一团不住发抖的身体。

瑶瑶永远忘不了那一幕,她深爱的男人,终于过分到了她无法接受的程度,她没有走过去扶他起来给他包扎,她只是冷冷地看着他,知道自己再也无法爱他了,就给医院打了个电话。

07

从游家离开后,瑶瑶再也没有回去过,她到了另外一座城市,换了一家酒店,还是做着和在游家的酒店同样的事情,却再也没有和游家的人来往。

她跟我说,从那以后,她知道,无论一个男人看起来多么优秀,家境有多么好,如果他不能约束自己,那么一切都会完蛋。自制力是幸福的保障,再强大的爱情,也抵不住一个没有自制力的人的挥霍。

游家后来破产了,但游人宫并没有因此变好。游人宫的哥哥打他,也是因为破产的根源是游人宫挪用了家里一大笔钱。

游人宫：来呀，伤害呀，反正有大把时光

瑶瑶说她后来在澳门的赌场，在酒吧和夜店都见过游人宫，他身边有漂亮的女孩子，但不是瑶瑶。瑶瑶身边也有男人，也不是游人宫。他们面对面走过去，谁也没跟谁打招呼，就像从来没有认识过。

十四岁就认识的人，爱了十年的人，一旦不爱了，就和陌生人没有什么两样。这就是爱情，起码，是天蝎座的爱情。

尽人孙：
做一个可耻的另类

　　也许是经历的苦难够多了,上天的考验也够了,他二十年前费尽心思想得到的一切,在二十年后不费吹灰之力都得到了。但是他的人生,已经被毁了。得到这些,并不能让他快乐。
>>>

01

要挣钱，要养家，要过好日子，当时就那个水平，别人也都那么干，限制太多，给钱太少，社会不开明，市场不成熟，都是理由。但今天谁要听这些理由？大家只看结果，任何理由都没有，这就是你干的，你的历史。万人空巷都成了过眼云烟，纸上你的脸和吹捧都搓了鞭炮，挣的钱也花光了，往上爬熬的夜、着的急、遭的罪、受的累都不作数了，羡慕你的人、嫉妒你的人、奉承你的人、表扬你的人也都不见了，见了也没话了。

在KTV（练歌房）听女朋友唱陈粒的《历历万乡》，听哭了，回来看上面的这段创作背景，才明白哭泣的原因，我们那个时代走过来的人，为了梦想，都牺牲了太多。

"如果我站在朝阳上，能否脱去昨日的惆怅。"这一句，献给孙哲，尽管我们都叫他尿人孙，但不能否认，他是当年我们那批人里最有才华的一个。

02

我是因为作文比赛认识的孙哲,和我们这些写情感小说或者武侠小说甚至写杂文的作者不同,他写的是科幻小说。

那时候科幻市场还不成熟,就是现在,中国的科幻迷也很少,大家更爱看情感小说。大刘的《三体》都红到国外了,但他自己也坦言他就那本书卖得好,其他的书销量都一般。所以与其说大家是喜欢科幻,喜欢大刘,不如说是喜欢跟风。比起《三体》,我反而更喜欢大刘的科幻短篇集。扯远了,继续说孙哲。

孙哲因为写的是科幻小说,比赛的时候虽然拿了名次,比赛后却没地方发表文章,那时候就四川有一本《科幻世界》,一本杂志也不能一直发一个作者的作品,一个作者也不可能靠一本杂志就养家糊口。

所以我后来武侠、言情、奇幻、历史、杂文、小说都写,没办法,稿费多年不涨,但是还是很多人想当作家,没混出来之前,只能忍了。

而孙哲,只想写科幻,如果不写科幻,他宁愿去家里的蛋糕店卖甜点。所以他的路走得格外艰难,三十岁了,还没混出去,文章倒是也发表了一些,但一直不温不火。

家里催结婚,他也就随便结婚了。除了科幻,他对其他的一切,都不是那么挑剔,女方不嫌弃他,他就满足了。

因为一味沉迷于写作，孙哲对俗世俗事一点儿也不放在心里，他怎么也想不到，结婚是他父母想要摆脱他的一种手段。

随他父母让他干吗他就干吗，在家里时干杂活，在外面打工，赚了钱也都如数交给父母。但毕竟家里不是大贵之家，他也从来没有赚到过大钱。父母养他养得有些累了，也想借着结婚让他独立起来，毕竟男子汉大丈夫，一味地啃老总是不行的，父母也不可能一直陪伴他照顾他，他得有他自己的生活。

结婚后，父母把房子给了他和妻子，老两口搬回了乡下老家，反正已经退休了，在哪里生活都一样，老两口嘴上说乡下空气好，其实是怕和儿媳妇住在一起生出是非。

孙哲的父母都是普通的工人，退休后就落了一套房子，其他的积蓄就用来给孙哲办婚礼和做聘礼了。回到乡下后，重新过上了年轻时农人的生活，状况并不好。

但孙哲并不领父母的情，他觉得自己被抛弃了，如果不是有妻子，他简直不知道何去何从了。过去和父母生活在一起，父母让他做事的时候他就去做事，父母不安排，他就写小说。

如今有了妻子时刻围着他，已经没有时间写作。而且妻子是个蛮虚荣的人，羡慕左邻右舍，羡慕小学同学，羡慕朋友圈里朋友们拥有的一切。这些都需要孙哲去赚钱来满足她，因为妻子没读过几年书，在单位里也只是个普通的办事员。

起初妻子的娘家还给了一笔钱，让孙哲去做点儿小买卖，可孙哲哪里是经商的材料，钱很快赔光了，妻子的娘家也就不再管孙哲一家人了。

屋漏偏逢连夜雨，还没有照顾好妻子的需要，孙哲就当了爸爸，而且妻子一胎生了两个，一男一女。在别人看来是喜事，在孙哲看来则是雪上加霜。他已经彻底没有了私人空间，没有时间写小说了。

03

只有妻子的时候他还争，有了孩子后，他就认怂了，妻子让干吗就干吗。每天出去找工作，虽然找不到像样的工作，但一年到头，也总能赚点儿钱贴补家用。

后来也是老天开眼，让他在地方报社找了份编辑的工作，虽然仍旧没有时间写他的科幻小说，但总算是能看书看报跟文字打交道了。

经历了这一切，孙哲也明白了，如果自己不争取，不主动追求自己想要的生活，按部就班、随波逐流的结果就是离他想要的一切越来越远。把命运交到别人手里，就只能等着身不由己。

他想过像毛姆的《月亮和六便士》里的主人公那样，人到中年，抛弃家庭离家出走，寻找自己想要的生活方式。

可他毕竟不是小说里的人，在现实中，他单是想想就觉得很可耻。他是两个老人的儿子，是一个女人的丈夫，是两个孩子的父亲，这些责任，他没法逃避。他为自己自私的想法感到可耻，但同时，又为自己不能实现梦想，不能过自己想要的生活感到痛苦。

他觉得他想要的也不是很多，就是一天能有两个小时让他自由地写他想写的小说就好了。可是在单位，工作上一堆事情。回到家，老婆孩子一堆事情，他根本找不出时间留给自己。

人生艰难，现实生活像一条沾了盐巴的绳子，越勒越紧，而且随着父母的年迈，他知道自己的压力会越来越大。如果再不想办法赚更多的钱，等父母病了，他就要做不孝的人了。而且孩子也渐渐长大，如果不能给孩子相对不错的生活，他就不是一个合格的爸爸。

不仅仅是上有老下有小，老婆对他也不满意，已经很久没有给他笑脸了。刚在一起的时候觉得他能够写点儿东西还蛮有趣，蛮与众不同的，现在她觉得他就是个文学病人。文学把他一生都害了。别人的老公都一门心思赚钱，只有他像完成任务似的，一点儿不把赚钱这种人生大事放在心里。

不给笑脸也就算了，偏偏老婆出门在外，对别人都是笑脸相迎，连隔壁老王来串门，老婆都会端水果出来。他下班到家，想喝口茶，都得自己倒。

04

孙哲跟我讲这些的时候,我正在考虑要不要结婚。听到他把婚后生活形容得那么可怕,我打心底同情他,他就不是适合结婚的人,结婚对他来说,是害了别人,也害了自己。这个世界上,不是所有人都适合结婚的。但是你不结婚,别人就会觉得你有毛病。

我曾经是非常反感结婚的,我觉得我一生放荡不羁,和谁结婚就是害了谁,和谁结婚都会限制我的自由。从某种程度上来说,我和孙哲是一类人,只是我凡事不妥协,他凡事妥协。

可是等我到了三十岁的时候,我发现一个人很孤独。有人说,一个人走路可以走很快,两个人走路可以走很远。一个人走路自在,不用管别人,勇往直前,可是很快就累了。两个人相互扶持,虽然慢,但是相互照顾,可以走到一个人怎么也走不到的地方去。

加上爱上一个人的时候,就想完完全全地拥有对方,想永远地在一起,害怕失去。结婚,算是一种对彼此的约束吧。虽然不过是一纸证书,没有爱,也不会有安全感,但毕竟是一种形式,一种大家都尊重的形式。

所以遇到小刘的时候,我就觉得,我还是结婚吧,我的人生,不会像孙哲那样不幸,我没有那么轴,我不会只写科幻小说。我是万能的。

人和人不能比，就像我的好友爱烟分享的那个段子说的那样——你是砍柴的，人家是放羊的。你跟人家聊一天，人家的羊吃饱了，你的柴还没砍。

如果说我是放羊的，孙哲结婚后，就已经变成了砍柴的人。他没有时间和精力像我一样每天跟人闲聊了，反正羊自己会吃草，书放在书店一直会有人去读去看。

孙哲结婚的第三年，他实在忍受不了了，妻子也有点儿厌烦他了。两个人就达成了一个协议，把房子卖了，钱分了。但是不离婚，毕竟有孩子在。

妻子带着孩子回娘家住，他带着钱去了加拿大，想靠打黑工，混出一点儿名堂，就算混不出名堂，也要赚到足够的钱。

加拿大像一个世外桃源，大家人人平等，谁也不干涉谁，谁也不八卦谁，不会因为你的收入、衣着、相貌和品位而对你妄加评论，你可以充分地做自己。

刚到加拿大的时候，孙哲觉得很自由很畅快。就像我刚刚辞职回家隐居一样，觉得自己得到了空前的自由。

可是伴随着自由的是无边无际的空虚。自由畅快了一年多，孙哲就发现自己其实不是那么适应加拿大的生活，他还是需要在国内找到认同感，但是他已经回不去了。

他离开的时候,像一个斗士,也像一个逃兵,如果不能荣归故里,他宁愿客死他乡。但荣归故里太难了,一个外国人,想在陌生的地方建功立业,混得出类拔萃,首先就要具备很多当地人与生俱来的常识和习惯。

别人习以为常的东西,对刚到异乡的他来说都是趣闻和知识。待习惯了之后,他觉得他需要伙伴,他一个人承受不了生活的压力。于是他跟一个肥肥胖胖的找不到对象的女生在一起了。他给不了那个女生什么,相反,女生给他的更多一些,比如安全感和金钱。他能够给予的只是陪伴。

可是他归根结底是不喜欢那类肥胖丑陋的女生的,他想靠自己的能力拼出一片天地,却迟迟混不出什么名堂。他开始痛恨自己,厌倦这个世界,觉得到哪里都一样。加拿大是天堂,但那是有钱人的天堂,他身负赚钱养家的责任,短暂的自由快活之后,他发现在异国他乡活得更累。

他在国外没有真正的朋友圈子,大家都是临时搭个局,待几年就回去了。真正长住的人,不会跟他们混到一起。当然,主要也是因为他不能给别人带去什么。这是个等价交换的世界,当你一直只是得到不能给予的时候,很容易被踢出局。

05

孙哲回国的时候,孩子已经七岁了。读小学一年级,会背诵很多诗歌，认识很多字了，却不会叫爸爸。"爸爸"这个词语，对他们来说太生疏了。

他并没有成为他渴望的那种成功人士，但也没有落魄到哪里去。他在国外混了几年，国内的房价涨了又涨，他赚的钱，刚好够他在过去生活的地段买套新房子。

老婆已经有了新的相好，回来后不久他们就离婚了。离婚后孩子还是跟着妈妈，孙哲自己过。

这时候的他，倒是有了大量的时间，没有人干涉，一口气写了几百万字的小说，发表在各类报纸杂志上。

也许是经历的苦难够多了，上天的考验也够了，他二十年前费尽心思想得到的一切，在二十年后不费吹灰之力都得到了。但是他的人生，已经被毁了。得到这些，并不能让他快乐。

他在异国他乡的时候，父母相继去世，因为机票太贵，因为是打黑工出入境不方便，他没有及时回国，这是他最大的遗憾。

聊到这些年的经历的时候，他跟我说，他就是折腾得太晚了，从小听爸妈的话，按部就班，骨子里又是个不肯按部就班的人，最后就变成了一步错，步步错，一生都毁在了开始。

可是这时候聊这些都晚了。如果人生重来一次，他可能不会选择去加拿大，起码不会选择去打黑工赚钱。去任何地方，如果不是去享受，而是想从那里得到什么，就一定会空手而归。

人在年轻的时候，需要承受压力和考验，不能逃避，不能贪图安逸。承受多少压力和考验，就能进步多少。没有压力没有考验的环境，人不会进步，只会浪费时间罢了。

温水煮青蛙的例子太老土，而且已经被戳破。但是难走的路，通常都是上坡路，逆水行舟，确实可以增强臂力。

懒人朱：
给我一张大饼，
我能吃成个胖子

//

　　等我来了，我就坐在旁边。因为我话不多，而且我们聊得来。过去我曾经写过一句话，说两个人无话不谈，有时候不是酒逢知己千杯少，而是一个话痨遇见了另外一个话痨。
>>>

01

我在现实生活中见到的第一个网友,名叫王友。他是懒人朱的好朋友,那时候懒人朱还不叫懒人朱,他有一个很牛气的名字叫朱棣,和明朝成祖皇帝同名。

朱棣那时候的职业是大卡车司机,因为太年轻,所以做司机做得很不投入,换句话说,就是很不热爱自己的本职工作。一有空,他就喜欢泡音乐论坛。

我们就是在一个论坛认识的,因为都喜欢窦唯而成为好友。他发的帖子我一定会去顶,我发的帖子他也会帮忙不让沉。

后来我们就加了彼此的QQ,并且约好了有时间见一面,但是那时候我在开封,他在南京,大家都没有什么钱,想见面太难了。

我以为我们第一次见面,应该是他开着卡车,顺便路过河南,我出去跟他喝几瓶啤酒，吹吹牛，分享下彼此最近听的歌。

结果现实是，他从南京离家出走到苏州，叫我一起去玩。同去的，就有前面提到的王友，而王友那时候还不在南京，而是在镇江。

说来话长，那是朱棣第五次跑长途的时候，帮远房表叔运了一车藤椅，价值百万。结果半路在高速上，被人在车后挂了车，一把一把把一整车的藤椅都搬光了，只留了一把被踩坏的。

那天刚好没有请押车师傅，责任全在朱棣，朱棣那时候才二十岁出头，怕承担责任，就想到了跑路。

王友是跟朱棣从小一起长大的哥儿们，后来因为工作，才离开南京去了镇江。所以朱棣遇到事情第一时间就找了王友。

朱棣说："我遇到大麻烦了，运了一车货，被偷了，我没法跟我表叔交代，我准备离家出走了。等表叔气消了再回来。"

王友说："那就离家出走吧。不过，为啥不报警？"

朱棣说："报警了，但是找回的希望很小。这种事情在路上不是第一次发生了，我没想到我也会遇上。"

王友说："那你打算去哪里？是需要我借钱给你吗？"

朱棣说:"去苏州吧,不仅仅是借钱,我希望你跟我一起去,我从来没有离家出走过。"

王友说:"我也没离家出走过啊,我还是借钱给你吧。"

朱棣说:"咱们是不是最好的哥儿们?"

王友说:"是。可是……"

朱棣说:"别可是了,我在苏州站等你,到了给我打电话,就这样了,我得去收拾东西了。"

02

朱棣到了苏州后,觉得无聊,就忽悠我去找他玩。我真的去了,他却陪他新交的女朋友去了。让王友去车站接的我。所以王友就变成了我见到的第一个网友。

我到了苏州后给朱棣打电话,他说他在出站口左边的肯德基门口等我。等我找到肯德基,看到门口那个瘦小的身影,一瞬间有种受骗的感觉,因为朱棣说他有一米八十多。不过毕竟是好朋友碰面,不是网恋,随便他长什么样子了,我径直向他走了过去。

"你好,你是朱棣吧?"

"不是，我是王友，朱棣今天有事，让我替他来接你。"

"网友？"

"嗯，王友。"

"那你叫什么名字啊？"

"王友啊，不是告诉你了。"

我一脸无奈，心说这是什么人啊，就算是网友见面，告诉下名字又不会死人。结果还没等我想好怎么接他的话，他就掏出了身份证，上面写着——王友。

我从开封赶去，王友从镇江赶去，朱棣的新女友从昆山赶去，很快，淮安、杭州、新余、南昌、绍兴，陆续有朱棣的网友到苏州会面。

因为朱棣的离家出走，苏州很快集结了来自五湖四海的音乐爱好者，真有"一支穿云箭，千军万马来相见"的感觉。

那时候还没有草莓、迷笛之类的音乐节。我们一帮人，都住在朱棣在木渎古镇租的大房子里。每天聊聊未来，谈谈音乐，无所事事，又自由自在。

大家出来的时候都带了足够的钱,今天你请我吃饭,明天我请你吃饭,不到半个月时间,就吃遍了苏州所有知名的美食。

03

那是我第一次和一群志同道合的人生活在一起,朱棣待我们,有点儿像古代孟尝君养三千门客的感觉,只不过这个朱尝君经济不宽裕,大多数时候,需要食客自备粮草罢了。

那是我人生观、世界观甚至爱情观形成的初期,自那以后,我的许多观念便一成不变了,即使变,也是在一条大路上做小的修正,基本上的方向是不变的。

我们那时候讨论的问题,到现在我还在想,而且依旧想不明白。比如那时候朱棣说,人生最需要的是不是安全感,我们都说是。

可是朱棣说,如果说我们都需要安全感,那最安全的事情,莫过于我们变成能知过去未来的神,我们知道一切,知道自己是谁,从哪里来到哪里去,我们肯定就无所畏惧了,我们肯定会充满了安全感。但我们难道不会因此而失去乐趣,失去未知的乐趣?生命的美好,难道不是因为我们不知道明天会发生什么,尽管结局都是死,但中间这几十年,我们不知道我们会遇见什么人发生什么事,生命在我们手里,又不完全在我们手里。如果我们提前知道了会遇到什么人什么事,做好了防范措施,我们一生不犯错,都走对的路,那我们和机器不是一样了?既然我们是人,那么我们就难免会犯错,会走弯路,会害怕,会没有安全感。这是我们的软肋,却也是我们有别于机器的地方。

当时我们听了朱棣这番话后，集体沉默，大家都在思考，我不知道别人想了什么，我自己则是从此以后，开始正视自己的错误。

过去我特别怕面对错误，特别渴望一觉醒来把自己做的错事都忘掉。这样的结果是，过了一段时间我又会犯下同样的错误。

在朱棣说了那番话之后，我开始面对错误，面对真实的自我，面对之后就是努力修正，让自己尽可能地规避错误，防微杜渐，从一言一行上改变自我。

改变的道路虽然是漫长的，但有了改变的心，就会觉得很快乐，因为知道自己终将离错误越来越远。自己不会一辈子在原地转圈。自己终将走出去。

朱棣的狡猾之处在于，他提前预料到他丢了东西会让表叔暴跳如雷，会惊动父母，会挨打。他逃出来，不过是等父母和表叔的怒气消了，毕竟丢东西这种事情是偶然的，是朱棣也不想看到的，他逃出来等父母气消了再回去，可以把这件事对他的伤害值降到最低。

但是我当时的想法是，如果不承受伤害，不挨打，能长记性吗？朱棣也许可以，但是我不能，我有时候非得付出了惨痛的代价，才明白有些错误不能犯，有些路一旦走上就回不了头了。

04

我们在苏州待了一个月，到最后一次聚餐的时候，大家的钱都用光了。朱棣只好用自己的驾驶证做抵押，赊了账。然后大家就各奔东西了。

最后就剩下王友和我，还有朱棣，我和朱棣都不太想回家，都喜欢外面的自由自在。王友是觉得自己先走对不住兄弟。

那时候朱棣的女朋友已经跟他分手了，很多女孩子就是这样，可以共富贵，无法共患难，一看男朋友吃饭的钱都没有了，立刻闪人。不过相爱一场，朱棣的女朋友也不是完全没良心，起码借钱帮朱棣赎回了驾驶证。

有一天我们走在街上，路过一个快餐店，店员在倾倒厨余垃圾，垃圾堆里滚出来一个圆鼓鼓的李子，刚好滚到了朱棣脚边。

我们都饿了一天了，没钱吃饭，如果有个洗干净的李子递过来，我们都会吃。但这个李子是垃圾堆里滚出来的，想想就恶心。

我以为我们会继续往前走，结果朱棣却弯下腰，捡起李子在衣服上擦了擦，然后就大口大口地吃了起来，边吃还边说好甜，还问我们吃不吃。

那一幕我真是终生难忘,我们当然是都没吃。王友在看到朱棣吃垃圾堆里的食物后,彻底崩溃,决定暂时跟朱棣绝交,他给家里打电话,收到家里打来的钱就回去了。

王友走后的第二周,朱棣也给家里打了个电话,得知表叔气消了,他也准备回去。那时候他已经可耻到从公交车的后门上车,只为少付两块钱车费的地步了,我也不屑于再跟他为伍。

在苏州的最后一个月,过去我们租的大房子里只剩下我一个人了,房租还有两个月到期,但是我已经没有吃饭的钱了。

最艰难的时候,我身上只有一枚一元的硬币,我去街上花五毛钱买个烧饼,上午吃半个,下午吃半个。

噎到的时候,就喝自来水。苏州的自来水有股子消毒液的味道,特别难喝,喝得人想哭,可是不喝又会噎死。

那是我人生最艰难的一段时期,最后烧饼也没的吃了,我把房间里的感冒药消炎药都吃了,因为也算是能吃的东西,而且吃了之后胃里有点儿反应,比空空荡荡的感觉要好。

05

朱棣回家后给我打电话,得知我还在苏州,而且潦倒困窘,他觉得是他的责任，就打了一笔钱来，让我去南京。

到了南京，我算是彻底接触到了真正的朱棣，他每天的日常就是胡吃海喝，吃饱了就开车。过去他不喜欢副驾驶上坐人，他喜欢一个人掌控一辆车，最好再放点儿音乐。

等我来了，我就坐在旁边。因为我话不多，而且我们聊得来。过去我曾经写过一句话："两个人无话不谈，有时候不是酒逢知己千杯少，而是一个话痨遇见了另外一个话痨。"

那时候经历少，后来真的遇到了话痨，我才发现，话痨遇到话痨是会打起来的，大家都想说，没人愿意去做那个倾听的人。最后聊天变成了演讲或者辩论会。

我和朱棣在一起，一般都是他说的时候我认真听，然后提出我的想法。我说的时候他认真听，然后试着站在我的角度去思考。

我坐在副驾驶上的时候，我们就不聊天，一起认真欣赏音乐。

朱棣开车总是不慌不忙的，或者说，做什么事情，他都是不慌不忙的。知道会发生什么，也知道该怎么应对。就算遇到了意外，他也不会蒙圈，总能给自己找条出路。他知道自己只要不死，一切总是有机会翻盘的。

一开始我是觉得朱棣老成，因为关于慌张，高晓松在《鲁豫有约》

上说过这么一段话,他说他以前觉得,四十不惑是指人到了四十岁,什么都想明白了,什么都懂了。结果真到了四十岁,他发现四十不惑的意思是说,到了那个年纪,想不明白的事情你就不会想了。年轻的时候,总是想把每件事都想明白,每个人都想看透。这个时代这个社会,到底是怎么回事,你都想明白。但其实你根本没法完全明白,就算是你最爱的人坐在你面前,你也没法全明白。有些事想不明白,就会慌张。可是到老了,就会发现,那慌张就是青春,慌张没了,青春就没了。

阿基米德说:"给我一个支点,我可以撬起地球。"朱棣的口头禅是"给我一张大饼,我可以吃成个胖子"。

对于现代人来说,坐而论道的,都是懒人。正常的人,应该去勤快地做一些实实在在的事情。可是我们懒于做事,却不懒于思考,而且很多时候,不把一件事情想明白,我们寝食难安。而等我们想明白了,这个社会就会进步一大截。

所以懒人朱犯懒的时候,胡吃海喝的时候,我从来不拦着他,因为他太需要给大脑补充能量了。我常常觉得,他这样的人多一些,这个社会就更澄明一些,更理智一些。

离开南京后,我们再也没有见过面。但我时常还是会想起他,还是会在网上跟他讨论讨论人生和社会。尽管他终其一生,都逃不脱做一个卡车司机的命运。但毋庸置疑的是,他是我朋友圈里唯一的一个哲学家。

艺人霜：
我不是真的快乐，
我的隔离霜、防晒霜、
粉底液、遮瑕膏、腮红、
睫毛膏、眼影、眼线、定妆粉是我
穿的保护色

　　从某种程度上来说,她像个发光的小太阳,所以没看到完整的日出,我也不遗憾,她是唯一一个能让我输得心服口服的人。

　　>>>

01

　　认识霜儿是在长沙,与其说我们是室友,不如说是她收留了我。相比出身贫寒的我来说,她算得上是富二代,家里一直在投资各种生意,她自己也开了一堆潮流服饰的专卖店。

　　我们因为在黑麋峰赛车而相识,后来我干脆住到了她爸爸给她买的小别墅里。和我这种纯粹为了兜风、为了听风的声音才骑摩托车飞驰的人不同,她完全就是个机械控,家里有各式各样的机械装置,她的车大都是她自己改装的,所以只能午夜出行,如果财力允许,有一天她可能会扔掉所有衣服,穿着机甲四处闯荡。但爱好归爱好,走到她的店里,你会发现她就是个圆滑世故的女老板,一点儿也看不出她身体里还有文艺细胞和特殊爱好,也许相对于开车,她隐藏自己的技术更好。

　　那时候我还是喜欢东游西荡的非主流,她大我两岁,除了赛车,她还喜欢拉着我去看别人打麻将。长沙和成都一样,有很多麻将馆。

但是我个人非常不爱赌博,除了陪她,我一个人的时候,从来不去那种场所。因为我觉得那里面乌烟瘴气的,而且我们每次去也不玩,就只是看,霜儿喜欢观察赌徒的表情,揣摩他们的心理。她说我也需要多看看,对我写作有帮助。但每次我都是被烟味熏得受不了了就拉她出来。

在开赛车和开店的时候,霜儿温柔如水,但是一到赌桌上,她整个人的气场都变了,像个女王,她身高只有一米五,但是在赌桌上,几乎所有人都仰视她。我们认识的第二年,她带我去了趟澳门,赢了二百多万,回来后立刻买了辆法拉利。用她的话说就是"我擅长赌博,但我不依赖赌博,我只有需要钱买某样东西的时候才去赌。平时麻将扑克这些东西我是只看不玩的"。

我对她的赌技无限敬仰,却一点儿也不敢效仿,在我看来,有些东西是天生的,就像运气一样。我天生是个作者,她天生就是个赌徒,如果我硬要赌,肯定输得裤衩都不剩,同样她如果要写小说,那也是给自己找罪受。

人贵有自知之明,我活了这么多年,最大的能耐就是知道自己有几斤几两,知道自己适合干什么,不适合干什么。不会盲目跟风,什么赚钱就去做什么。霜儿喜欢跟我在一起,也是基于我的这个优点,我估计一旦我跟她学起赌博,她就会觉得我跟别人没什么不同,像弹鼻屎一样把我弹开了。

02

霜儿用赌博赢来的钱买了很多车，但是她的车技一般，也很少开快车，每次我们去赛车，不管开什么车，她都跑最后。她说她不追求第一，她只是喜欢那种踩着速度行走的生活状态。

不过抛开车技，其他方面她都是行家，比如改装和修理，很多时候，她靠帮人改装车，一个月就能赚一辆车。

和霜儿在一起，我非常自卑，因为抛开写作、阅读和行走，我的生活非常单调，我的所有写作之外的爱好都因朋友而生，陪朋友消遣罢了。比如打篮球、打桌球、踢足球，唯一能让我主动下的象棋，也因为多年找不到对手而荒废了。

和我比起来，霜儿太优秀了，我们在一起，经常会暴露我的无知和无能。比如说我们一起吃饭，她点十道菜，九道我都不知道怎么吃，就算知道怎么吃，有时候也用不好餐具。再比如我们一起看美剧，她喜欢看全英文字幕的，她看得津津有味，我就只有看到动作戏的时候，才明白自己在看什么。

她似乎对什么都充满了旺盛的求知欲，而且会付诸精力，而她的精力又是惊人的，这一点让人怀疑她有超人的精力和头脑。就拿改装汽车来说吧，她能为此不厌其烦地看着维修师傅修理汽车，而且乐此不疲，在网上找修理视频。她说这种感觉像是在打游戏，一路冲关，很有成就感。她的努力和她的收获成正比，只是有些努力总觉得没有那么必要，但她依然会去做。

久而久之，我也不喜欢跟她在一起了，别人再优秀，始终是别人，想永远做朋友，我觉得我还是得提升自己，所以我就离开了长沙，去北京做了一个图书公司的策划编辑。

做编辑之余，我每个月都会请几天假去登山，算是锻炼身体，也算是给自己放假。除此之外，剩下的时间我都在攒钱，我想有天我有很多钱了，我可能就不自卑了，就可以不用等霜儿来约我，而是主动约她去吃饭了。我们在一起的那段时间，我从未约她去吃过饭，因为每次她都是在希尔顿、豪布斯卡之类的酒店请我，五星级餐厅的大厨也是她的朋友，吃的都是空运来的深海食物，或者空运来的外国食物，贵得要死，虽然有大厨朋友，但打折下来，一顿饭也是我一个月的收入。

我觉得没有经济基础的我，和她完全不是一个世界的人。正所谓饱暖思淫欲，经济基础是一切的根本，没有经济基础就没有未来。就算我硬着头皮请她去跟我吃麻辣烫，她也不可能一辈子跟我吃麻辣烫。一开始是新鲜，迟早有一天，会感到厌倦。

03

和霜儿在长沙分开大概三年后，我在青城山又遇见了她。这时候的她，因为赌博时别人出千要诈，被坑了很多钱，等明白过来的时候，已经晚了。她一气之下关掉了所有店铺，带着卖车和卖房子的钱，开始了四处游山玩水的生涯。

我们的相遇纯属偶然，但又像是上天刻意安排，非要把两个不相干的人往一块凑，我是没有办法，她是喜出望外。

重逢之后，她拉着我问东问西，得知我还在写小说，她也来了写小说的兴趣，想把过去的经历写下来，但是她从未写过小说，所以想让我教她。

我想我要是答应了，那么我们之间的来往肯定会频繁，我会爱上她，我爱上一个人，就会失去自我，为了不失去自我，我就拒绝了。

拒绝的理由当然不能是爱情，我说，写作是我在她面前唯一可以拿来维持自尊心的东西了，她做什么都比我做得好，她要是写起小说，成了畅销书作家，那么我这么多年的努力，就真的只能证明我是个笨蛋了。

会用这种方法说服她，是因为她真的太优秀了，连爬山都比我快，简直像飞毛腿。为了看日出，我那天住在半山腰，凌晨三点多就打着手电筒出门了，走到一半遇到从山脚爬上来的她，她就像一阵风，我还没看清，就看不到她了，等到我爬到山顶的时候，太阳已经出来一半了。

从某种程度上来说，她像个发光的小太阳，所以没看到完整的日出，我也不遗憾，她是唯一一个能让我输得心服口服的人。

艺人霜：我不是真的快乐，我的隔离霜、防晒霜、粉底液、遮瑕膏、腮红、睫毛膏、眼影、眼线、定妆粉是我穿的保护色

下山的时候她说，太阳将出未出的时候才是最美的，就像看着一个新的世界在诞生。我当时不懂，后来爬衡山，又遇到她，她说她这一生，就是上山和下山的过程。上山的时候她疾步如飞，下山的时候她走得很慢，好像每走一步，都会错过一道风景。

连续在山上偶遇了两次，我就觉得，这辈子可能躲不过她了，于是留了联系方式，邀请她到北京来找我，我甚至放松了警惕，答应教她写小说。

但她真的到北京来，已经是我们相识七年后了，我已经从编辑转行做了编剧，她到北京来，主要是为了想实现当演员的梦想。

"你都三十岁了，你不觉得这时候出道太晚了吗？现在的娱乐圈，都是小鲜肉的天下，十四五岁就红的比比皆是啊。"

"可是姐也不老啊，姐看上去也只有二十岁啊，你看姐拍的照片，像不像高中生？"

说着，霜儿把她做模特配图的那些杂志丢给我。说实话，她看着确实像个二十岁的姑娘，拍照加修图后，就只剩下十五岁了。但这毕竟是照片，实际年龄是无法改变的，就算她进入娱乐圈，又能红多久？

但是我话刚出口就被她打断了，她觉得，能红一天也算没白折腾。人生在世，有梦就要去追求。追求梦想的过程虽然麻烦辛苦，

但是让一个有梦想的人天天做与梦想无关的事情，无异于思想软禁。

虽然不能苟同，但对于这种有钱任性的富人，我又能怎样呢？毕竟我还是很喜欢跟她在一起的，她到北京后，我的居住环境和日常饮食得到了非常大的提升，从北六环的天通苑搬到了周围全是大使馆的朝阳门。周末的饭局也从小胡同变成了丽思卡尔顿。

不过这种情况并没有维持太久。因为到北京不久，她就认识了一批导演，很快就接到了戏，像开了外挂一样，从小丫鬟一路演到女三女四直到女一。

一个成功的人，外面的人看来往往都是这样，一夜成名，好运气，好命。霜儿却跟我说，并不是这样，幸运也有吧，但大多数是她的追求和付出。这一点我相信，因为在此之前，几乎所有的事情，她都付出了百分之百的努力，做艺人，她不会只付出百分之五十。

霜儿说，自己刚来北京的时候，什么都不懂，连看镜头都不会，一点点地训练自己，在剧组摸爬滚打，吃了很多苦，如今真的是熬过来了，颇有一点儿苦尽甘来的感觉，然而事实是这样吗？

霜儿摇摇头，事实似乎是这样，但又不是这样。

04

现在她已经很少跟我联系了，我只能在电视机和电影院看到她

> 艺人篇：我不是真的快乐，我的隔离霜、防晒霜、粉底液、遮瑕膏、腮红、睫毛膏、眼影、眼线、定妆粉是我穿的保护色

了，她的名字在电影海报上和我曾经仰视过的那些人排在一起，让我觉得很不真实，怀疑自己真的认识过这么传奇的一个人。

没有人知道我们识于微时，两次同居，但什么也没发生。我们最后一次联系，是因为她给我发短信，她说：我不是真的快乐，我的隔离霜、防晒霜、粉底液、遮瑕膏、腮红、睫毛膏、眼影、眼线、定妆粉是我穿的保护色。

一个被命运之神如此眷顾的人，还是不快乐，我又能怎么样？我只能回复她：哈哈。

她告诉我，追求的时候以为这些就是自己想要的，然而真正得到的时候，却发现这些似是而非，好像是自己曾经渴望的，又距离那样远。有些时候几乎忘记了自己曾经想要的是什么。

她说她怀念以前的日子，怀念修汽车挣钱的日子，吃盒饭以及其他。

然而回不去了。

从那以后，她再也没有找过我，我们也再没有偶遇过。有些缘分就是这样，给你一次机会你不珍惜，再给你一次你再不珍惜，就没有第三次第四次了。上天也没有那么闲，总拿你寻开心。

不过这段被自卑耽误了的感情，并没有彻底完结，人的生命还

很长,也许有一天,我混成一线作者,小说改编成电影了,还会有机会跟她合作拍戏。不过那时候再相逢,一定不会有爱情。有的更多的是,一种对人生的感恩。生命里有过这么厉害的人,有过这种靠自己努力成功了的人,会让你不由自主地觉得,你离成功也很近。

就像陈粒的那首《远辰》——即使都是片刻,也留恋片刻的永恒,但愿这漫长渺小人生,不负你每个光辉时分。风烟狼藉,滔滔不绝地穿过你,省略我一点儿单薄魄力,目送你寥寥远去背影。你成为万众的唯一,偏颇爱你,宽阔爱你,爱你锋利的伤痕,爱你成熟的天真。多谢你如此精彩耀眼,做我平淡岁月里星辰。

离人胡:
她们都老了吧,
我们就这样,离散在天涯

　　胡依依跟我说，人生在世，做想做的事情，没有做自己擅长做的事情重要。很多人把自己并不擅长却想做的事情标榜为梦想，然后苦苦追求，自己得不到，也害苦了周围的人。
>>>

01

胡依依是我认识的女孩子里，最拿得起放得下的一个人。别人都会被自己拥有的一切束缚住，唯有她不会。

比如说苦心经营十多年的人脉，是一个人安身立命的根本，同时也是一个人的牢笼。再比如说按部就班做了很久的工作，好不容易熬成了主管，你很难扔掉这差事，你对自己说这是责任，其实主要是你害怕你放弃了之后会后悔。

人都在追求安全感，胡依依却喜欢把自己扔在危险的地方考验锻炼自己，有人说这是不作死就不会死，但万一不死，就真的是大突破。

我十二岁的时候认识她，那时候她是我所在的初中里所有女生的头儿，那时候还没有流行"女神"这个词，那时候她是女王，是大姐大或者小太妹。

我最初阅读的所有文学方面的通俗读物，都来自她那里，所以从某种程度上来说，她改变了我的命运。那时候我厌学，但年纪太小，又摆脱不了学校的束缚，就只能靠在校园里看闲书打发时光。

一节课四十五分钟，我能看完一本长篇小说。看一节课，睡一节课，算是休息大脑。这样下来不算我经常迟到的早自习和经常早退的晚自习，一天八节课我能看四本书。

在认识胡依依之前，我没有那么多书看。一来是家里没给我那么多钱让我买书，二来是有时候教导主任和校长巡楼，看到我在看闲书会没收。

02

能认识胡依依，要感谢我的同桌李想，他是个特别热爱运动的男生，没事就去打篮球、踢足球，以及打乒乓球、打网球什么的。

有一天下午，他上课前跟我说，他遇到了一个打网球的女生，梳着马尾辫，特别可爱。他托我给那个女生写封情书。

那时候我在年级里，因为象棋下得好，加上看书多文笔好，身兼"棋圣"和"情圣"两大称号，别人的情书我可以不代写，李想的我没法拒绝，很多时候我上课看闲书和睡觉都要靠他打掩护，因为那时候的我还没有坏到跟老师对抗的地步。

情书我是随便写的，信纸都是从我姐姐送给我的日记本上撕下的，但是这封情书还是打动了胡依依，并且被她一眼看出是出自我的手。

在情书送出去的第二天，我就在学校门口被她拦住了："你替李想给我写了情书是吧？"

"有什么证据证明是我写的。"我一边狡辩，一边看着眼前这个清秀的姑娘。

"我转学过来后，收到了五封情书，其中有三封是同一个人的笔迹，却是不同的人送的，署名也不同。我一问，就问出来了，据说你是咱们年级的情圣。只要送你一本书，就可以请你代写一封情书。"

"那也不一定是我写的。"我脸红了，但还是不愿意承认。

"你不要抵赖，我又不是来讹诈你的，我是觉得你文笔挺棒的，干吗不好好写点儿小说什么的？代写情书多低级趣味。"

"还不是为了换点儿闲书看吗？上课这么无聊。"我默认了。

"如果有足够的书看，你是不是就不帮别人代写情书了？"

"那当然了，谁没事写这个啊？"

"我以后每天给你找几本书看,你以后就别替别人写情书了。"

"你为什么找书给我看,这么好的事情,该不会有什么阴谋吧?"

"你这人怎么这样?我就是觉得你写情书太浪费了,你要是不想占别人便宜,可以每周写一篇文章给我,散文或者小说都可以,作为你看我的书的回报。"

"成交。"

03

一开始我只是随口答应的,等到胡依依真的抱了一摞书来我们班找我的时候,我吓了一跳,除了惊讶她搜罗书的能力,更担心李想误会了。

她帮我找的全是我过去没看过的书,有泰戈尔的诗集、卢梭的书,还有日本和西班牙的一些作家的著作。我看得目瞪口呆,后来才知道,她是校长的千金。几个老师办公室里的书,她都可以随意取阅。

而李想呢,因为胡依依对我示好,而把我当成了抢朋友喜欢的女生的小人。但我也不怕他,毕竟我跟胡依依只是朋友而已。那时候我压根儿不喜欢谈恋爱,觉得谈恋爱特别傻。

过去老师让写作文，因为不给报酬，我写得都很短，经常被老师批评，说我敷衍。等到给胡依依写故事，因为报酬丰厚，我写得都很长很认真。她也喜欢看我写的故事，虽然都是天马行空、胡说八道，但是她觉得，我有做作家的潜质，坚持下去就好了。

事到如今，你看到了，我不仅仅有做作家的潜质，而且成了名副其实的作家，我写了三十本书，虽然现在把自己过去十五年行走江湖的素材和灵感都用光了，但是再给我一段时间去国外历练历练，我肯定能写出更好的文章。

但是在当年，她的话我只能一笑而过，反正有书看就好了。她不仅仅能帮我搜罗到老师的藏书，老师从学生手里没收的书，她也能拿到。于是久而久之，我的座位就成了个小型的图书馆。很多看了一半书被没收的学生来找我，在我的位置旁边一站就是半天，只为看完自己看了一半的书。

借书还书，以及给胡依依看我写的故事的时候，我们也会聊聊她的人生，我的人生就是随波逐流了，她的人生是父母规划好的。她要考北京师范大学，以后毕业了做个老师，最好是做大学老师。

那时候北京师范大学，是我心中国内最好的大学，因为我喜欢的好几个作家，都毕业于那里，或者在那里教书。

所以我就想，如果有机会，我能去北京师范大学做个图书馆管理员也好，我没有别的追求，有足够的书让我看就行了。

04

在我的生命里，胡依依一直是一个榜样式的存在。虽然我现在也是很多人的榜样，但我觉得我离胡依依还差很远。她在读初中的时候，就知道自己擅长什么，知道自己想要什么，知道自己为了自己想要的东西要去做什么。而我在那个年纪，虽然看了很多书，但满满的都是迷茫和对未来的不确定。

胡依依跟我说，人生在世，做想做的事情，没有做自己擅长做的事情重要。很多人把自己并不擅长却想做的事情标榜为梦想，然后苦苦追求，自己得不到，也害苦了周围的人。

而做擅长做的事情，总是事半功倍的。比如唱歌好听的人不要去学商务，善于钻研的人也不要离开实验室。人应该找准自己的位置，不要被外界的诱惑改变了方向。

那时候她知道我擅长写作，鼓励我去坚持。而我却热爱着音乐，梦想成为一名歌手。所以对她的话我并没有放在心上。

多年以后，回想起她，我首先想起来的也不是那些奉劝，而是她的预言。她说若干年后，网络会毁了这个世界，大家没事就上网，作息颠倒，不关注现实生活，总是没事想看看网络上发生了什么。

她说伴随着网络，会产生各种娱乐场所，到时候人们不但没办法静下心来看书，连恋人之间，停留在彼此身上的时间也会变少。

到时候人与人之间的关系，尚且不如人与各种机器之间亲密。长此以往，人们都不想结婚生子了，人口会锐减，人类最终可能会灭绝。

唯一改变的办法，就是到了夜里把网络关了，娱乐场所都关了。实行宵禁，恢复到宋朝以前中国人的作息。这样大家晚上没的玩，就老老实实在家睡觉了，夫妻之间也能把造人作为乐趣，这样人口就能得到控制，人类就能继续繁衍下去。

很多年后，我每次去 12306 买票，发现夜里 11 点到早上 7 点不能买票的时候，我都会想起胡依依，我甚至怀疑这个网站就是她设计的。

05

虽然读初中的时候她帮我找了很多书看，我也写了很多故事给她，但是我们什么也没有发生。差学生和好学生之间，永远隔着一道鸿沟。她的未来是好好读书考上好的大学，最后可能还会出国深造。而我，初中没读完就退学了。

刚退学的时候，我们彼此还通信，她还会寄书给我看，等到她上了高二，学业繁重，我们也就断了联系。

后来再联系上，已经是我功成名就、荣归故里的时候了。那时候家乡的人都知道我们那个地方，出了一个了不起的作家。我回到故乡，从村长到镇长再到县长，都在恭维我。

唯有她，在得知我实现了她当年的期待后，在我的微博给我发私信告诫我，她说，你成名了，先不要急着享乐，先守住底线。

守住底线是什么呢？是你有个十八岁的女朋友的时候，不要看到十六岁的女孩追求你，就心动，就去换更年轻漂亮的。那样的话，有天你就会触犯法律，把十五岁以下的女孩带回家。欲望是无止境的，底线可以圈住欲望，不至于万劫不复。所以说成功者未必开心，但知足者常乐。有个不错的人喜欢你，就够了。你要是不知足，非想着让更多的人喜欢你，最后可能会没有人喜欢你。连曾经最喜欢你的那个人也会放弃你。

看了她的私信后，我受到了很大震撼，我觉得她应该就是我粉丝群里的某个人，一直默默在我周围观望着我，我却不知道她在哪里，就像《一个陌生女人的来信》里写的那样，我则是收到了一个陌生账号的私信。

我赶紧去回复她的私信，结果微博却给我发来了消息——该用户不存在。

不管我怎么刷新页面，她就是不存在了，我去联系微博客服，微博说可能因为她没有填写资料，最后被当成僵尸粉清理了。

我去联系过去的同学，得到的回复是她已经出国多年，早就跟大家断了联系。我觉得收到的微博私信，可能是我的幻觉。因为她跟我的聊天记录，随着她的账户被清理，也不存在了。

06

认真回忆过去的时候,我发现不仅仅是她,在我不长的生命里,还有很多胡依依这样的女孩伴随过我。我们什么也没发生。最亲密的时候,也不过是一起骑一辆自行车,或者她坐在后座,或者她坐在前面的梁上,我的胳膊环绕着她,我的胸膛贴着她的肩膀,我吸一口气,鼻腔里满满的都是她的发香。

可是那时候还不懂爱情是什么,也不知道,那最喜欢自己的人,有一天会失去;也不知道,生命里的人来了又去,该留住谁,又该离开谁。

我不断地写新书,写故事,看似是在写别人,其实都是在写我自己。通过他们的经历,来发现不同的我。他们已经渐渐离我远去了,只剩下回忆还伴随着我。我也只能以此来唤醒自己。

每当这个时候,我都会想起朴树的歌,想起《白桦林》和《那些花儿》,这些歌曲的存在,证明我真的青春过,真的跟她们一起,分享一副耳机,听同一首歌。等到青春结束,故事散场,我心中所思所想,也和歌里唱的一样:

那片笑声让我想起我的那些花儿,在我生命每个角落静静为我开着。我曾以为我会永远守在她身旁,今天我们已经离去在人海茫茫。她们都老了吧,她们在哪里呀,幸运的是我曾陪她们开放。

有些故事还没讲完那就算了吧，那些心情在岁月中已经难辨真假，如今这里荒草丛生没有了鲜花，好在曾经拥有你们的春秋和冬夏。

宫主冰：
我来到这个世界
只为遇见你

　　真正相爱的人，不会因为生老病死而不爱，更不会因为出国异地而分开，所有分开的情侣，都是因为爱得不够。
>>>

01

冰冰是我所有留学生朋友里最有思想的一个，当然这不是她主要的特点，她主要的特点是长得好看，性格温柔，乖巧听话，懂得四个国家的语言，会做十几道拿手菜，能扛大米，也能扮演小萝莉。所以她现在是我女朋友。确切地说，是已经私订终身就差领证的百分百女朋友。

因为在国外待太久了，她跟我说话总是喜欢夹杂一些英文单词，而我的英文水平在认识她之前，只能看懂艾拉无忧（I Love You. 英文，意为"我爱你"。），只会写艾拉无忧图（I Love You, too. 英文，意为"我也爱你"。）。

前面说过冰冰乖巧听话，具体有多乖巧呢，就是我让她把微博名改成艾拉无忧图，她立刻就改了。我让她把微信头像换成我喜欢的照片，她立刻就换了，我让她把微信签名也改了，她毫不犹豫就改成了我最喜欢的两句诗。

经常会有人说，没有人是为你量身定做的，每个人都有他的脾气和个性，两个人在一起要相互磨合相互包容，可是我觉得冰冰就是为我量身定做的，我们不用磨合不用包容，我们聊什么都能聊到一起，更难得的是，我们一见钟情。

我长得这么奇形怪状，她作为一个校花、一个美少女，都能对我一见钟情，这不是量身定做，还能是什么。

冰冰最爱说的一句话就是：遇见你以后，我知道未来在哪里了，未来是什么样了，我一点儿也不迷惘了。

可是其实，我自己都不知道未来会怎样，未来会在哪里。不过我很清楚，不管未来怎样，未来在哪里，她都会陪伴在我身边。我是她生命里的一盏灯，她也是这个世界给我的唯一的礼物和惊喜。

我们认识的第七个月，就订婚了。而在此之前，我遇到了很多人，从来就没有过要跟谁一生一世的念头。甚至会觉得，跟谁一直在一起，想想都可怕。

而她却让我有了幸福感，活了二十多年，第一次开始觉得，结婚也是一件美好的事情，或者说，只要跟她在一起，不管做什么事情都是美好的。

比如每次见面，她都是从老远就很开心地凑过来，蹦蹦跳跳，像只活泼的兔子；比如一起去游乐园，她总是把自拍杆伸到最长，就是为了把因为不爱拍照而躲在镜头一角的我装进来。

这些细节是我和我从前的女朋友相处的时候一向拒绝的，但是面对她，我似乎失去了说出"拒绝"两个字的能力。

我一开始不喜欢喝红茶、乌龙茶之类的饮品，但因为她喜欢喝，渐渐地，我也习惯并依赖上了这类饮品的味道。可能真爱的人相处就是这样，很容易爱屋及乌。

02

认识冰冰是在夏天的午后，一场暴雨把我们困在了公交站，我们在不同的站点上车，却因为要去同一个地方，而在同一个站点下了车。我带了伞，她没有，我想等雨小些再走，她想等雨彻底停了再走。

后来雨一直下，等得不耐烦了，我只好闯入雨中，临走前，我试着邀请了她，问她要去哪儿，看是不是同路，这算是搭讪吧，过去我非常不擅长跟陌生女生搭讪，但是遇到她之后，许多事情，都无师自通了。而她，在弄明白我们要去的是同一家书店后，就毫不犹豫地跟我撑着一把伞走了。在最初的最初，我们会相识，可能只是因为我长得像个好人。

很意外的相遇，就像那场意外的大雨。因为伞太小，我们都被打湿了衣服，看书的心情也就减弱了一半。好在等我们买完书出来的时候，天已经晴了。

再后来，我常去那家书店，她也是，遇到的次数多了，就开始约着一起在书店楼上的电影院看看电影，在书店楼下的美食街吃吃饭。她喜欢许留山的杨枝金捞，我则喜欢红豆双皮奶。虽然喜欢的甜品不同，但都在同一家店，于是也就吃得很愉快。就像一起去吃火锅的时候，她是无辣不欢，而我喜欢清淡，点个鸳鸯锅就可以了。

我们最融洽的是在看书和看电影上，彼此可以分享很多相同的、不同的观点，一起感受这个世界的美好和善意。尤其是背靠背看书的时候，感觉时间在我们身上都静止了。

可以说是不知不觉中，就开始恋爱了。

在一起几个月后，我问她："你为什么喜欢我？"

她说："因为你很有才华呀！你又为什么喜欢我呢？"

"因为你很好看啊。"

"浅薄！"

"就是这么浅薄。"

"那我以后老了呢？"

"你老了我也觉得你好看！我说的好看，不是世俗标准的美女，而是，无论何时何地，你在我心里都是好看的标准。你长什么样子，好看的标准就是什么样子。"

03

其实我不仅仅是因为好看才喜欢冰冰的，或者说，我喜欢她是因为她好看，但是我狂热地热爱她，却是因为她能够做到很多我做不到的事情。

比如有时候我们会因为我艺术家的神经质性格争吵起来，我就死要面子从不认错，她就能把感情看得比面子重要，及时跟我沟通，所以我觉得她是值得被深爱的女孩子，是唯一一个可以忍耐我神经质性情的人。

在这个追求自我的时代，年轻人更愿意以自我为中心，求同存异这种事情，对于她一个未满二十岁的姑娘来说，是非常难得的。

不光是性格，她在音乐领域也很有才华。众所周知，我曾经有一个音乐梦，去艺术学校待过几年，组过乐队，甚至跟随乐团全国演出过。但是在音乐方面，我是失败的。就像我做了一年的编剧，写了一堆电影、电视剧和网络剧剧本，都没有上映甚至没有开拍一样。我唯一成功的领域，就只有写作和出版。只有写作出版让我闪闪发光，音乐也好，电影也罢，都是我失败的战场，不是我不够努力，是确确实实没有那方面的才华。

而冰冰在音乐领域的才华，让人膜拜。她可以在半小时之内，创作出一首让你泪流满面甚至呼吸急促的歌，从曲子到歌词到演唱都是她一个人完成的。简直可以媲美我一周写一本畅销书。拥有了她之后，我再也不用担心听不到动听的音乐了，她还会跳舞和画画，满足了我对完美女友的所有想象。

我们在一起后，经常一起去旅行。过去经常有人挑剔我的品位，说我总是喜欢逛博物馆，逛寺庙，逛古墓，还喜欢下象棋，一点儿也不像个年轻人，更像个老学究。

而冰冰跟我在一起，不但不嫌弃我，还扛着个大相机给我拍照，她也喜欢一切有历史感的东西，喜欢下象棋。所以我觉得很多时候，我们感到不快乐，只是因为遇到了错误的人。和对的人在一起，一切都是对的。对的人会让你的生活越来越美好。

过去长途旅行，我最怕坐车，因为旅程太长了，书看完了，车还在走，有了冰冰的陪伴之后，我们可以做很多事情，我教会了她下棋和写作，她教会了我法语、英语和一些好玩的游戏。

我们最经常玩的是她小时候玩的上海小游戏，分为攻击的大波、中波、小波和飞天拳，还有防守的挡以及飞。非常简单的小游戏，我们能玩几个小时，玩得旁若无人地哈哈大笑。

可能和喜欢的人在一起就是这样，无拘无束，不必担心对方会嫌弃自己，可以横七竖八躺在床上，可以自由自在地蓬头垢面，也会把对方打扮得漂漂亮亮的，她帮我掏耳朵，我帮她洗头发。两个人像小孩子过家家，又像已经在一起度过了几十年。

04

过去谈恋爱，遇到异地和跨国恋，很容易就分手了，我总觉得既然对方爱你，就不该离你那么远。等到遇到了冰冰，就开始觉得，既然你爱对方，那么你也可以跟着出国。

真正相爱的人，不会因为生老病死而不爱，更不会因为异地而分开，所有分开的情侣，都是因为爱得不够。

过去遇到太优秀的女朋友，我会担心自己跟不上对方的节奏，觉得彼此不合适。现在开始努力跟上。可能遇到不爱的人，就喜欢要求对方来配合自己，遇到爱的人，就会改变自己来配合对方吧。

过去我从未想过自驾游、学英语以及移民等事情，最近都在计划了，我惊讶于自己身上的变化的同时，也对这种变化感到喜悦和充实。

我开始意识到，人到了二十多岁的尾巴上，依旧可以从零学习一些东西。漫长的人生中，只要自己不放弃，不定型，就没有人可以给你定型。

有时候我会想，我能够给冰冰什么呢？她想要的一切，她努力都可以得到。她拥有太多我没有的技能，我常常会因为这些而自卑。我能够带给她的，似乎只有快乐，只有倾听，和相互分享一切快乐。

可能对于她来说，我可以作为安全感的来源，一个踏实稳重的作者，勤勤恳恳地写作，旅行，可以一直陪伴她，直到世界尽头。

对于足够强大的人类来说，有可以信赖的人的陪伴，可能比一切都重要。正所谓曲高和寡，峣峣者易折，皎皎者易污。越是优秀的人，就越容易感到孤独。

未来还有很多很多年，我没有别的期待，只期待我们可以永远永远相互陪伴下去，永远不觉得孤独，永远快乐，安心，永远在学习和进步中感到满足。

忍者颖：
爱是恒久忍耐

//

　　那些波澜壮阔的，让我撕心裂肺的，让我觉得轰轰烈烈的女人和情感，好像并不适合我，也不能让我变得更好。这样一想，我就爱上了颖茹。爱上她之后，我才发现，她的优点真的好多。

>>>

01

爱上颖茹，倒不是因为她有多么美貌，多么有才华，或者唱歌多么好听，而是那天我饿坏了，她刚好做了一盒糕点，我们坐在马路边，看着川流不息的人群和车辆从我们面前经过，我们分吃一盒糕点的时候，我突然觉得，好像我只有和颖茹在一起的时候，才是心如止水的。

那些波澜壮阔的，让我撕心裂肺的，让我觉得轰轰烈烈的女人和情感，好像并不适合我，也不能让我变得更好。这样一想，我就爱上了颖茹。爱上她之后，我才发现，她的优点真的好多。

她从来不跟我提过分的要求，让我半夜起来陪她去喝酒，也不会在我需要工作的时候拉我去逛街。她甚至从来不问我要礼物，只要我在她身边，她就可以笑一整天。那种笑是温暖柔和的，像夏日的清风，像冬日的暖阳。沉浸在那种笑意里，你会觉得人生无比幸福，觉得自己无比幸运，会忍不住想感恩，但又不知道该感谢谁，于是只好去亲吻身边的人。

身边总是会有一群平凡却幸福的人，像爸爸妈妈，一起走过了几十年，经过了那么多苦难也没有分开；像朋友小李和小宋，相恋十五年，终于熬过了所有反对，现在结婚了；还有大刘，已经结婚二十年了，夫妻之间还是像初恋一样恩爱。

我羡慕这些人，是因为我做事情总是虎头蛇尾，我经历的所有的爱情，都是一开始轰轰烈烈，最后不了了之。

我是没有恒心，还是我确实遇到了不合适的人，我没有答案。我所知道的只是，我失败了，不管是放弃别人还是被别人放弃，最终总是失败了。

02

我答应和颖茹在一起的时候，她已经默默喜欢了我八年。有朋友说我是累了，浪子回头了。也有朋友说是颖茹感动了上天，所以上天成全了她的爱。其实都不是，我答应和颖茹在一起，主要是因为我想知道，到底是什么东西，可以让人坚持八年，在经历所有不可能之后，依旧坚信自己可以等到幸福。

如果真的有这么一个东西，那这个就是我最需要的。我希望和颖茹恋爱，能够让我明白什么是长情。

颖茹会做很多好吃的，还喜欢做手工。她用的所有包包都是她自己做的，逢年过节，家里的所有菜和糕点也都是她一人完成的。

在这样的时代，这样的女人很难得了。有一天我问她，喜欢一个人，是不是也像做手工一样，一针一线，一点点就把爱从无到有给缝补出来了，或者像做糕点，用无形的水和面，加上蒸锅，随着时间流逝，渐渐就成了有形的美味。

颖茹说，不是这样的，一针一线，总能够做成包包，只是形状美丑不同。水和面也总能做成糕点，区别只是味道。而爱，也许用尽全力，耗尽心血，最后却是一无所获。

颖茹说，爱是赌博，输赢靠的是信念和运气。你要坚信，百分之百坚信你会赢才行。如果你一开始就信心不足，那肯定赢不到最后。

我每一次输，都是因为信心不足。对方稍微有一点点风吹草动，我就立刻鸣金收兵。明明是谈恋爱，却像是在打仗。生怕自己迟了一步，就伤得更深。

03

和颖茹是在画室认识的，那时候我已经师从小城第一画师徐然老师多年。徐然老师每年都会固定收几个徒弟，作为老徒弟，我常常要帮他带新徒弟。我和颖茹，就像是大师兄带小师妹。但我当然不是大师兄，大师兄早就离开了小城，我只能算是留在小城跟随徐然老师最久的学生罢了。

颖茹来学画的时候，才十三岁，那时候我刚刚退学，我们的关系更像是兄妹。她没有一点儿根基，但很认真，对画画的兴趣也大，给她一支画笔一张白纸，她就能安静地勾勒半天，不到肚子饿不会起身。

那时候她每天到画室还需要爸妈接送，她爸妈都是文艺青年，特别重视对女儿文艺天赋的培养，除了周六周日，每周二和周四的下午也会送她来。学画，成了比她上学更重要的事情。

不过那时候我并没有过多地注意她，因为画室里还有几个跟我同龄的漂亮女孩，更多的时间我是跟她们一起玩。颖茹这个小丫头不来烦我我就谢天谢地了，根本不会主动去找她。

后来颖茹引起我的关注，是因为象棋。我自小喜欢象棋，到现在，最大的梦想还是有朝一日能够有一个跟我棋艺相当的人，陪我天天下棋。

我对权力、名望兴趣不大，对财富、美女兴趣也不大。我所有的努力，都是为了有朝一日能够有一所超级大的房子，每天下下棋、喝喝茶、看看书、睡睡觉，就很好啦。但看书、睡觉、喝茶都好解决，唯独下棋，不遇到旗鼓相当的人，下起来毫无乐趣。

我八岁学会下棋，十四岁周围就无人能敌了。认识颖茹的时候，正是我独孤求败的第三年。有一天徐然老师邀我下棋，他已经是我多年的手下败将，但有时仍旧不服气。那天下棋的时候，颖茹刚好在，她给徐然老师支了几着儿，竟然差点儿让徐然老师赢了。我这才对颖茹刮目相看。

一旦注意到她，对她的了解就多了。原来她自幼就被逼着学琴棋书画，久而久之逼出了乐趣来。琴棋是她最拿手的，诗词歌赋也背过千首，唯独画，刚刚开始学。

之所以在画上耽误了，是因为她姥姥拉着她学针线活，还有之前说过的糕点制作，等等，她姥姥的观点是，女子无才便是德，手工活好，一辈子就幸福无忧。

04

一家人之所以对颖茹这么费心思培养，除了爱女心切，还有一点，就是颖茹有一点点跛脚。她家人希望多给她一些才艺，来弥补生理上的不足。

其实跛脚除了影响走路和美观，对其他的都影响不大。但颖茹成年后，我对她还是没有男女之情，主要还是因为一开始就把她当妹妹。

我们因为象棋而熟识，有时候遇上周末，能够在画室外面的屋檐下下上一天。她爸妈也喜欢我，觉得象棋下得好的，都是聪明绝顶的人。我们相差四岁，她在家里是独苗，有几次她妈妈都想认我做干儿子，我没答应，但也不影响她总是邀请我去她家里吃饭。

那时候我已经十七岁半了，每天脑海里都是关于去远方的念头。我觉得这座小城市不适合我，应该去足够远足够大的地方看一看。但我一直下不了决心，我害怕一旦出去就没有回头路了。害怕自己还太弱小，抵抗不了外面的风霜雨雪。

直到有一天，颖茹的爸妈有事，没法去画室接她，画完画，我送她回家。她坐在我自行车的后座上，我们穿越了大半个城市，走到市中心的时候，她问我，马上就要成年了，十八岁生日想要什么礼物。

我回头看了她一眼说："你知道我想要什么的。"

颖茹吐了吐舌头："金丝楠木的象棋我可送不起，我只能送你一盒桃木的，我自己刻的，已经快刻好了，过几天就给你。"

我笑了笑，说："真是难为你这个小家伙了。"

颖茹的表情突然严肃起来："可是一辈子下象棋，在外人看来会显得没有出息吧。哥哥，你学了那么多本领，难道不想施展给人看吗？"

我被问得愣了愣，不知道怎么回答，只好反问道："你也学了那么多本领,你想施展给人看吗?"

颖茹抬起头,看了看天空,想了一会儿才说道:"我学这么多本领,只是为了遇上我喜欢的人的时候,不被他看不起,能够配得上他,就心满意足了。我妈妈说,女孩子,嫁对人,一生就对了。"

"是啊,男怕入错行,女怕嫁错郎。"说完这句,我就加快了车速。

"哥哥骑慢点儿,我还想跟你多聊几句,等会儿到家了,当着爸妈,有些话就不好意思说了。"颖茹抓了抓我的衣角说道。

"有什么话不能当着爸妈说?"

"哥哥有心上人吗?"

"小孩子不能问这种问题的。"

"我不是小孩子了,我马上就十五岁了。"

"那是虚岁,到了明年你也才十四岁。"

"我不管,我就是十五岁了。"

"好好好,十五岁了。"我懒得跟她争,很多年后,回想起来,觉得特别难过。那时候,迫不及待长大的我们,哪会知道,长大是那么残酷的事情,十几岁的时候,才是我们最美好的时光。我们身在其中,却向往着别处。

05

送颖茹回去后,我一个人慢悠悠地骑车回家,我没有回答颖茹我的恋爱问题。颖茹会这么问我,多半也是看出来我喜欢上了画室里那个皮肤雪白的姑娘。

可是姑娘对我并不感兴趣,那时候的我,还十分平凡,没有优越的家境,没有显赫的名望,有的只是年少轻狂,有的只是一颗不甘平凡的心。

许多年后,那个姑娘在我的微博留言,说起当年同学时的情景。她说她已经结婚生子,她做梦也想不到,她朋友经常提起的偶像作者,会是她曾经的同学。

而我已经想不起她的模样,只记得她皮肤雪白,在太阳下,她细细的汗毛会反射出让人陶醉的光芒。

我打算等到我十八岁的时候,再跟她表白,结果离我十八岁还差一个月的时候,她和别人在一起了。看着她坐在别人的摩托车后座上笑得像花儿一样,我觉得天空塌了下来。我懵懂脆弱迷惘的青春期,也在那一天结束了。

过完十八岁生日，我就去了北京，走的时候没有跟颖茹告别，怕她哭，当然，主要也是因为那时候的她在我心里并不重要。她辛苦雕刻出来的象棋我倒是随身带着，但是后来东奔西走，也不知道丢失在哪个城市的角落了。

我离开小城的时候，有着很大很大的梦想。可是真的出来了，却发现自己太弱小了。没有文凭，甚至普通话都说不好。连一份酒店服务生或者书店导购的工作，都有无数人跟我竞争。

我怀念在小城的自在，却又不甘心灰头土脸地回去。最后，我在酒吧里找到了一份保安的工作。每天晚上八点上班，凌晨三点下班。这样的生活一过就是三年，我走过了无数个北京的深夜，从未见过上午的北京。

06

三年后，我二十一岁，颖茹考上了北京的大学，通过我爸妈，找到了我的电话和我上班的酒吧。这三年我忙于工作，她忙于学习，我们从未联系过。或者也可以说，我混得不好，所以不想联系任何一个过去相熟的人，怕他们嘲笑我，怕他们觉得我当初胸怀的壮志，都是在吹牛。

颖茹说，那是她第一次去酒吧，不知道自己应该点什么，幸好有我在。在她心里，我永远通晓一切，永远是个值得依靠的大哥哥。哪怕我只是个小保安，但是在酒吧里，在我上班的酒吧里，对她来说，我就是无所不知的上帝。

我知道她是在给我信心，让我找回自信好去奋斗。其实即便她不来，我也打算换工作了。三年里我已经攒到了一些钱，足够我作为资本去折腾，我知道我不可能一辈子在酒吧耗着，我准备开个酒吧，但那是很多年以后的事情。我还年轻的时候，需要做一件更值得去做的事情。

离开酒吧后，我就失去了酒吧提供的住所。我开始了租房生活，颖茹因为不习惯住寝室，也在学校附近租了房子，她邀请我跟她合租，我没答应。尽管落魄，可是骨子里我还是觉得，我应该做那个可以撑起一切的大哥哥，而不是一个被小妹妹同情和帮助的弱者。

07

颖茹经常会趁周末来看我，总是会拎一盒她做的糕点，她来的时候通常我都在睡觉。酒吧的工作彻底颠倒了我的作息，不睡到下午两点我是起不来的。而颖茹总是在中午来，她说她要一点点让我恢复健康的作息，现在想来我能够恢复健康作息要感谢她，但是那时候，我只是觉得她好烦。

为了摆脱颖茹，我谈恋爱了，女朋友是在网吧认识的不良少女。我们每天都在网吧打游戏，有时候颖茹来找我，总是会遇到我和女朋友抱在一起在出租屋睡觉。她是很聪明的女孩子，来了几次，就不来了。后来女朋友问起，说很喜欢颖茹的糕点，问我和颖茹是什么关系。我想了想,只能说,那是老家的一个妹妹啦。

随意找来的女朋友,当然处不长久,半年后我花光了三年的积蓄,只能再去找工作,女朋友也及时地甩了我,跟了网吧里经常遇到的另外一个游戏打得很好的男生。

我失恋那天,刚好是颖茹十八岁的生日,她约了我,还约了她在学校里认识的一个好朋友。我们一起去了她学校附近的KTV。

抛开贫穷不说,我还是很多才多艺的,唱歌、跳舞、弹琴、画画、下棋,都是佼佼者。所以颖茹觉得我在网吧认识的那个女孩子配不上我,她暗示过我几次,我都没听,她也就不再多说了。

她叫我去陪她一起过生日的时候,不知道我刚刚和女朋友分手,她介绍她的朋友给我,是想让我在她的好朋友和我的女朋友之间做个选择。她觉得自己的哥哥,怎么着也得有个像样的女孩子陪伴。

那个她在学校认识的女孩也确实好看,知书达理,才貌双绝。颖茹很会挑人,经过她的撮合,唱歌之后,我们三个人又一起吃了几次饭,一起去了几次游乐场。

毕竟是涉世不深的女孩子,对异性有渴望,却没有什么世俗的要求,所以很快,我就和那个女生陷入了爱河。

但因为要工作赚钱,我们能够在一起玩乐的时间并不多。我的新工作就在颖茹的大学，也是颖茹帮我介绍的，是她们学校图书馆管理员的助理。平时主要工作就是搬书和整理书。工资微薄，也没有社保之类的，纯粹就是管理员懒，又不缺钱，就雇了个帮他打杂的人。我因为陷入爱河，一时也就没有计较什么，只要能够有更多的时间跟女朋友在一起就好了。

08

那时候我们三个人每个周末都去逛街，颖茹说她的目的达到了，她的小哥哥和她的好朋友在一起了，明明是我们谈恋爱，她却觉得自己好幸福。

去影院看电影的时候，她们一左一右坐在我旁边，去郊外玩的时候，她们一前一后坐在我的自行车上，颖茹对别人都是说，我是她从小一起长大的亲哥哥，其实我和她都知道，其实我们并没有她宣扬的那么亲密。

那段愉快的时光过得非常快，等到颖茹大二下学期的时候，她的好朋友，也就是我的女朋友的爸妈来看自己的女儿，顺便看到了我。

得知我只是一个穷乡僻壤来的没有文凭的打工仔之后，女朋友的爸妈毫不犹豫地拆散了我们。当然，能够被拆散，也是我不够争气。在一起一年多了，我还是在原地踏步，只是一味地沉迷在女友的美貌里。而女友已经在为出国留学做准备了，用她的话说，如果我不努力，我们早晚是要分手的。

比起上一次失去一个网吧随意找来的漂亮妹子，这次的失恋，对我的打击要大得多。我难过得没法去上班，很快就丢了工作。本来就是月光族，没有工作后，很快积蓄就用完了。房东来催房租，物业也因为水电费没交给我断了水断了电。我感觉自己陷入了四面楚歌的境地，这时候只有颖茹，还在陪我，还给我带她亲手做的糕点。

我觉得北京也不适合我，来了四五年，一无所获，只是白白耗费了年华，只是留下了几段荒唐可笑的爱情回忆。于是我果断离开了北京，这一次我和颖茹说了，她去车站送我，车票都是她帮我买的。我在成都有一个朋友，我打算去投奔他。颖茹也支持我的选择，她觉得换个城市，换个新环境，我心情可能会好些。她觉得这次我的女朋友是她介绍的，她对我的失恋负有不可推卸的责任。她甚至还想给我一笔钱作为我刚到成都的生活费，被我拒绝了。我就剩下这点儿尊严了。

09

朋友在红瓦寺开了一家粥店，朋友是个文艺青年，虽然是粥店，却也提供住宿，还安排演出。我去了之后，就算是驻店歌手了。

在成都的生活过得很悠闲，这里的朋友都不谈论梦想。今朝有酒今朝醉，明日愁来明日忧。所以说少不入川，老不出蜀，来到这里，我就只想着安稳过好每天就好了。

颖茹有时候给我打电话，我每次都说过得很好。其实也的确很好，我笑的时候很多，笑的时候声音很清朗。

那时候我依旧年轻，因为歌唱得好，还有很多女孩子喜欢我。后来很多人来吃粥，就只是为了听我唱歌，粥都冷了，她们还没喝上一口。

再后来我就和一个喜欢我的女孩子在一起了。红瓦寺旁边就是川大，那个喜欢我的女孩子，就在川大读书。

不过她不仅仅喜欢我一个人，她喜欢所有唱民谣的歌手。唱民谣的歌手太多了，而且大都比我有个性。我只是无数民谣歌手里较为落魄和随心所欲的一个。

因为随心所欲，我也不在意这个女朋友是我无数同行的迷妹，甚至不在意她什么时候离开我。过去失恋了会难过，会喝酒，会撕心裂肺，会莫名其妙地泪流满面。现在不失恋也喝酒，不喝酒都睡不着觉。

我到成都的第二年，颖茹大学毕业了，到成都找了份卖保险的工作。第一份保险是卖给我的，她花的钱，受益人也是她。她说我总是喝酒，总是熬夜，身体不好，她必须为我买一份重大疾病险。

我觉得她是在诅咒我，但她的到来还是让我很开心。我们经常在磨子桥看老年人下棋，有时候我们也上去来几局。

我们一起逛街的时候，比我和我那个民谣迷妹女朋友逛街的时候还多，后来迷妹女朋友就跟我分手了，投向了另一个在酒吧唱歌的民谣歌手的怀抱。

于是我这个粥店民谣歌手，后来也喜欢去看酒吧民谣歌手的演出，去得最多的是九眼桥，经常喝酒撸串到凌晨。因为买了保险，颖茹也不再劝我，每次喝酒如果我叫她，她都陪我喝。

她过得也不开心，父母总是催促她回去，家里给她安排好了工作和亲事，工作是公务员，对象也是个公务员。好像小城市里，都喜欢公务员。

而颖茹不喜欢公务员，也不是不喜欢公务员，是不喜欢没有爱情的婚姻。所以她固执地留在成都，爸妈不再给她生活费，她就自食其力，虽然过得清贫些，但是更有尊严了。

故事讲到这里，似乎我和颖茹在一起了，就皆大欢喜了，可是并没有。她也跟我谈到过爱情问题，可是我觉得我们太熟了，我下不去手。我抱着她，会想起她十三岁时傻傻的样子。我对她只有妹妹的爱，没有那种男女之间的欲望。所以我又换了一个女朋友，在酒吧跳舞的女朋友。

就是我和颖茹常去的那家酒吧。我当着颖茹的面，和那个女孩子跳舞，当天晚上，就带她回家了。说是家，也不过就是间不到十平方米的出租屋。

10

许多年后，回想起在成都的日子。我总是会想起离开前的那一晚，我和颖茹坐在小酒馆，听赵雷唱歌，唱《南方姑娘》，唱《成都》，唱的好像就是我和她，唱的好像就是我们经历的一切悲欢，我知道我爱上她了，可是我还是要走了。

让我掉下眼泪的 / 不只昨夜的酒
让我依依不舍的 / 不只你的温柔
雨路还要走多久 / 你攥着我的手
让我感到为难的 / 是挣扎的自由
在那座阴雨的小城里 / 我从未忘记你

殊途皮：
我们的命运都是我们的选择

//

那些一出道就受到万众瞩目的人,屈指可数,但这屈指可数的人,却成了大多数人的信仰。就像一百个有病的人去医院,只有三十个人被治愈了,大家就会相信,这个医院可以治好这种病。

>>>

01

没有人能够增加生命的长度，但你的选择，可以增加生命的宽度。

02

自从发明了货币，赚钱就成了每个人必须去做的事情。哪怕是最伟大的、对金钱不屑的艺术家，在得知自己的作品被拍卖出前所未有的价格的时候，也会沾沾自喜。同样，哪怕是最坚定最有才华的艺术家，如果一生都没有被一个人肯定过，一生都没有被金钱眷顾过，那么夜深人静的时候，他面对自己的内心，至少也会有一刻是困惑的。

所以说赚钱这件事，并没有高低贵贱之分，当金钱成为衡量一个人成功与否的砝码，每个人都不可避免地想去追求经济上的独立自主。

只不过有些人赚钱是凭本事，有些人赚钱是凭运气。

凭运气赚钱的人，在做人方面多少都有些心虚，容易低声下气，有时候也会装得趾高气扬。他们常常去寺庙里烧香拜佛，或者随身挂个护身符，他们没有安全感，总希望一些看不见摸不着的东西保护自己。

凭本领赚钱的人，心里十分踏实，也因为这份踏实，导致其很容易骄傲，对很多事情都无所谓，有时候勇气过了头，甚至连丢掉性命也不害怕。

能够坚持年少时的梦想，不被时间改变的人屈指可数。连我自己都时常经受不住诱惑，陷入欲望的沼泽，虽然最后都是有惊无险地回到了正途，但从内心深处来说，我已经算不上百分之百纯粹的人了。

我一直想要过得坦坦荡荡、无愧于心，可事实上，很多时候，我都没有真正从容不迫。那些关卡最终被我闯过了，我是胜利者，可我骄傲不起来，因为每一次，我都差点儿耗掉最后一滴血。

看到这里，读者可能以为我又要讲自己那些经历了。其实并不是，这些年我写了很多以自己的经历为原型的书，估计很多读者都看腻了。大家顾及我的面子不肯说，我却不好意思再写下去。

我很久没有写长篇也是这个缘故。自己的故事差不多讲完了，别人的故事又不想讲。最后只好不写了。

但是这些年来，我已经习惯了把自己埋进长篇的故事里，埋进虚拟的世界里,我已经不太擅长和真实的世界打交道了。当我不写以后,我发现我过得很累。

我只有在写故事的时候,才是心安的,才觉得自己没有在浪费人生,才能换得灵魂上的轻松自在。所以我最后决定讲讲我的朋友的故事。我和这个朋友起点是一样的,但因为做了不同的选择,我们走上了不同的路,我们的经历,也可以说是这个世界上大多数人的经历。大多数人在成长的过程中都要面临追求梦想和面对现实的选择。追求梦想可能会一贫如洗,面对现实可能会富可敌国。选择什么不重要,重要的是快速做出选择,并坚持自己的选择。

03

我这个朋友还在世,为了避免对他的生活造成影响,我们就以他曾经用过的一个笔名称呼他吧,没错,他曾经也是一个作者,后来做了编剧。我们是因为写小说认识的,在我们那个小圈子里,大家都叫他皮皮。

我们那个小圈子当时有六个人,都是男生,按照地域划分的话,分别是山东人关关、湖北人方进、河北人疯子、河南人皮皮以及我。

当时我们混在一个文学论坛上,每天大家都会写一些鸡零狗碎的文字发在上面,虽然没有稿费,但因为年轻,写作热情旺盛,只要有人回复,就很开心。个别帖子因为回复的人多,后来还被出版成了书,当然,这是后来的事情。我们刚认识那会儿,谁也不知道未来在哪里。

时隔十年,关关、疯子、方进都没有再写作了,或者说写了也没有再发表了。也正是因为没有写作和发表,十年之后,我们就彻底断了联系。听说关关去了国外,娶了个白富美,疯子进了机关单位,方进在做新媒体。但也只是听说而已。

唯一能够确定的,就只有皮皮,只有他跟我一样,还在写作,还在发表作品,还坚持着曾经的梦想,虽然我们坚持的方向并不太一样。

其实从一开始,我和皮皮的选择就不一样。在文学论坛上厮混的时候,我们之间的区别还不太明显,大家写文章,都是为了能够被更多人看到和回复,被更多人喜欢,过一把网红的瘾。就像后来微博上的那些段子手渴望更多的转发、评论和点赞一样。只不过后来的网红更容易把知名度、影响力兑换成广告费,而我们早期的网红,就仅仅只能满足下虚荣心罢了。

等到文学论坛没落,我渐渐长大需要赚钱养家糊口,皮皮、疯子等人大学毕业需要找工作之后,我们之间的区别就很明显了。

关关为了在社会上站住脚,第一时间去泡了个白富美,靠着白富美爸爸的关系,在文化部门混了个不大不小的官职。方进则是像大多数人一样选择投简历,然后不断地面试,最后进了一家文化公司,天天写文案。疯子羡慕关关的好运气,嫌弃方进的工资低,但是他没有关关那么帅气,也没有一肚子甜言蜜语,最后他就去考了公务员，天天在机关单位里耗时间。

我呢，还是像往常一样疯狂写作，但我很少再发表在网络上，因为文学论坛的没落导致很少有人再在网上看文学类的长篇小说，大家更爱看短小有趣的东西了。我把我写的东西都投给了文学杂志，参加各种文学比赛，努力去结识各种杂志编辑，这样一旦作品在杂志发表，就有了稿费，就可以生活下去。

而皮皮呢，他选择和女朋友一起成立了一个工作室，算是创业吧。虽然是白手起家，一点儿启动资金也没有，但是对外，他把他的工作室吹上了天。

当我在努力结识各路杂志和出版社编辑的时候，皮皮选择发展资讯类媒体方面的人脉，他把自己包装成了明星。刷网页的时候，经常会在某某明星出轨或者结婚的消息后边，看到皮皮又写了新作品的消息。

他渴望通过这种炒作的方式来获取更多的关注和认可，他觉得只要红了，一切都会有。我劝他先写好作品，我说作品写好了自然会红。他说不红就没人看你的作品。我们最后谁也没有说服谁，但我们在那一刻都发现了，我们不是同一类人。

04

道不同不相为谋，发现彼此的不同之后，我和皮皮的交流就变少了，但我们也没有因此而成为仇敌或者因此而轻视对方。因为我们都是小镇青年，都是普通家庭出身，我能够理解他急于成名背后的压力，他也明白我对改变初衷的不甘心。

每一个坚持走自己的路，最后成功了的人，都需要第一桶金。皮皮的第一桶金来自影视行业。在那个随便拍个烂片就能卷走数亿票房的年代，很多煤老板和温州皮革厂老板也开始投资影视行业。

但是这些投资人对影视行业完全不了解，所以就很容易被忽悠。当时皮皮已经在各种媒体平台炒作自己多年，虽然一直没有惊天动地的作品，但也算是混了个脸熟。就像我在出版《陪伴是最长情的告白》之前，很多人都知道天涯蝴蝶浪子，但都不记得我写过什么。

有一天突然有个混影视圈子的人找到皮皮，说希望他能来写一部年代剧。这个人会找到皮皮，也是因为皮皮每次在自己的作品后面都会写上这样一行作者简介：皮皮，国内知名作家／编剧，参与编剧过×××等作品。代表作×××畅销五百万册。

隔行如隔山，在那个影视圈严重混乱的年代，圈外的人并不知道，一部电影或者电视剧里面通常有无数个编剧，有的编剧参与了全程却没有署名，有的编剧就写了几句台词，却也可以自称参与了某剧。就像你不能否认一个在《水浒传》里演小兵甲的演员没有参演《水浒传》一样。你也不能完全否认皮皮曾经混迹过他写的那些影视作品的创作团队。

至于作品的销量,因为发行渠道的不同,加上上市时间的久远,圈外的人就更无从考证了,加上很多数据在那时用很少的钱就可以买到。总体来说,因为那时从投资人到制片人,再到导演、编剧、演员,很多人都不专业,所以当皮皮在影视圈说自己是一位著名的作家,在作家圈说自己是一个著名的编剧的时候,很容易就忽悠到了一批人,很容易就获得了一些人的尊重。

最后,也终于有人找到了他,希望他来写一部三十集的电视连续剧。而这时候的皮皮,只写过几部销量很差的长篇小说,从来没有真正尝试过写哪怕一个剧本,别说三十集的电视连续剧,连电影学校里学生拍的那种几十分钟的毕业小短片的剧本他都没写过。

找他的人说,投资方准备拿一百万出来作为编剧费。投资方是温州的老板,原先是做皮鞋的,他对剧本的要求不是很高,但对出活儿的速度要求很高。他希望皮皮能够立刻去剧组写。因为演员和导演已经找好了。

皮皮一开始是不信的,尽管没有参与过电视剧的制作,但俗话说,没有吃过猪肉也见过猪跑。谁都知道,再有钱的老板,肯定也是看到了剧本,觉得剧本不错才决定投资拍摄的。然后根据剧本再去找导演,导演根据剧本里的角色再去找合适的演员。

哪有这种导演和演员都找好了,却还没有剧本的剧组呢?

但这种不可思议的事情,就愣是被皮皮给遇到了。虽然觉得不可思议，但为了不得罪影视圈找他的朋友，他还是装作勉为其难地说，他需要先看到定金，才能动身去剧组写作。

他本来是打算以定金为借口，推掉这种不靠谱的邀约，没想到对方立刻问他要了银行账户，当天就给他打了三十万元定金，让他一周内去剧组报到。

05

皮皮到了剧组之后才搞明白，剧组一开始也是准备了编剧的，但是那个编剧是真正的编剧，本领很高，所以脾气也不小。因为不愿意改戏，不愿意给投资人随意加角色，不愿意看到投资人的情妇演他故事里的女主角，最后愤然离组，编剧费都不要了。

剧组也是没办法，才请了皮皮来救急。

皮皮是第一次收到六位数的定金，想想如果搞定了这份工作，还有机会让银行卡上的余额攀升到七位数，他毫不犹豫地去了年代剧里的热河，也就是现在的承德。

去之前，皮皮临时抱佛脚，看了几本编剧入门的书，学了点儿剧本写作的常识，去之后，他把前编剧的作品按照投资方和导演的要求一顿猛改，虽然他没写过剧本，但毕竟写过小说，几个月过去，他是第一次写剧本这件事愣是没穿帮。

当然，没穿帮的主要原因，也是那个剧组从投资人到演员再到导演，基本上都是第一次拍戏。唯一有经验的编剧，也因为跟他们格格不入而被赶走了。

最后皮皮如愿以偿地拿到了一百万，没有被扣税，也没有被扣尾款。这也是他第一次没有被扣税，没有被恶意拖欠尾款的编剧经历。而这次美好的经历，却归功于合作方的不专业。

有些合作方，会以各种理由克扣编剧的钱。他们宁愿花一千万请一个名气很大演技很差的演员，也不愿意花一百万买一个好故事。

编剧去讨要编剧费，常常比农民工讨要薪水还难。农民工讨要薪水，有理有据。房子已经按照要求盖好了，你必须得按照要求结算工钱。而编剧呢，辛辛苦苦写了几十万字甚至上百万字之后，如果胆敢去催讨工钱，如果胆敢惹导演不高兴，也许就要面对推倒重写一遍的命运。

房子推倒重建是不可能的，开发商拖欠工钱，常常是因为房子还没卖掉，他们资金周转困难。而影视行业呢，资金周转不困难他们也不愿意按时结算，反正即便让编剧重写一遍，他们也不会付出什么代价，不像推倒一座房子那样耗钱耗力，在拿已经成型的剧本换到钱之前，他们可以随时让编剧走人，然后忽悠一个新的编剧接手。

这都是皮皮后来跟我说的，皮皮讨厌影视圈子，但他觉得他又适合影视圈子。皮皮进入编剧行业之后，很快就找到了一个美貌的姑娘。影视圈不像文学圈子，影视圈遍地都是美女。什么平面模特、车模、主持人、网红、主播，只要长得好看的女人，个个都觉得自己可以演戏，可以当明星。就好像很多人认识了汉字，会组词造句、写作文、写日记之后，就感觉自己会写作了一样。

当皮皮搂着美女，抽着雪茄，在影视圈子如鱼得水的时候，我还是在拼命写作，拼命出版，靠微薄的稿费生活着，同时也享受着无数读者的肯定和追捧。

06

世界上的职业，可以简单地总结为士农工商，明朝的时候，商人的地位最低，因为他们不创造东西，只靠买东卖西，就赚取了大量财富，过着富足奢侈的生活。

农民靠种地来生存，工人靠打工来生存，艺术家们没有贵族包养之后，也和农民差不多，创造一些精神食粮，卖给需要的人。

我每次写完一本新书，都觉得像收获了一季的庄稼。至于这一季的庄稼能卖多少钱，通常由不得我做决定。

每一个写作的人、画画的人，应该都有这样的感受。在最初阶段，赏识你的人很少。你期待你的作品可以卖一百万，结果别人只给你一百块。如果你选择不卖，最后一百块也没有，你可能会饿死。或者你就留着你的作品自己欣赏，永远也无法出人头地。

当你妥协了，选择一百块，选择勉强生存的时候，给你钱的人有时候还会逼迫你签下一些霸王条约，这时候你又面临着两难的选择。一边是让作品像废纸一样存在，一边是让它起码可以和一百块人民币画上等号，最后很多人都选择了后者。

那些一出道就受到万众瞩目的人，屈指可数，但这屈指可数的人，却成了大多数人的信仰。就像一百个有病的人去医院，只有三十个人被治愈了，大家就会相信，这个医院可以治好这种病。大家宁愿相信是医生有这个神奇的能力，而不愿意去思考自己的体质到底是和那活下来的三十个人相似，还是和那死去的七十个人雷同。

皮皮赚到了钱之后，在很多人眼里，渐渐就变成了那屈指可数的几个成功的人。皮皮也更加坚定地认为自己当初的选择是对的，人红了，人有钱了，再做什么都方便。他用赚来的钱把工作室变成了公司，以低廉的工资招纳了几个员工，他对我说，一个人奋斗起来太慢了，要让一群人一起帮你奋斗，才能成功得快一些。他希望我加入他的团队，我拒绝了，我觉得我还是适合单打独斗。

07

现在皮皮几乎已经不写作了，专心经营公司，偶尔写点儿文章给我看，水平也大不如我们刚认识的时候，从某种程度上来说，他已经彻底变成了商人，虽然也可以说是儒商。

我依旧在坚持写作，进步虽然不大，好在没有退步，持续的出版也让我拥有了大量的读者。如果单从成功的角度来看，我们俩的选择都是对的。

他选择炒作选择赚钱选择红，最后收获的就是金钱和世俗的承认。我选择写作，不断地写作，最后收获的就是读者的肯定。

如果说我选择了写作，却渴望金钱，我一定不会快乐。如果说他选择了金钱，却渴望有很多读者，最后也不会快乐。

在一开始做出选择的时候，我们的命运就已经注定了。所以说这个世界上，谁的结果都是自己当初的选择。

就选择了便疯狂地坚持，不怀疑自己，不半途而废这一点而言，我又觉得我和皮皮是殊途同归的一类人。虽然他选择的是现实，我选择的是梦想。反倒是一直犹豫着不选择，或被迫选择后又不断后悔，最后被命运逼得无法回头的关关、疯子和方进，成了我们之外的另一种人，而这种人，又是这个世界上的大多数人，他们一直在浪费着时间，却又一直心存侥幸地觉得自己还有机会去实现自己的梦想。他们睡觉前信心百倍，睡醒后就什么都忘了。他们看这篇文章的时候会想起自己曾经的梦想，看完文章吃顿饱饭，就继续碌碌无为了。

后记

写完这本书很多天后,我决定还是写一篇后记,来总结写这本书的过程和感受,因为虽然讲的都是我生命里的人,却并不是同样的人,而他们之间,最多的相似的经历,就是在爱的道路上脱轨了。

会单单去写这样一群人,还有一个现实原因是,我在准备写这本书的时候,刚好遇到某明星家庭出了问题,所以不由自主地就想起了几个有过出轨经历的朋友的故事。

明星的事情就不妄加评论了,单说出轨这件事,就像韩寒在《后会无期》里表达的那样,喜欢就会放肆,但爱是克制。

欲望人人都有,但是爱可以克制欲望。不管你选择什么样的人,总会有比他更好看,更有钱,更有才华,甚至对你更好的。如果从这些浅薄的条件上来挑剔爱,那就永无止境,永远也不会满足。不过这是说爱,换到不爱上,就变成了你可以叫醒一百万个装睡的人,却无法感动一个不爱你的人。

面对不爱的人，最好的选择就是离开。这其实是很好解决的问题。最难解决的就是，出轨了，但还爱着。这就很容易左右为难。

有个心理医生对出轨问题做出了非常好的评价：很多病人告诉我，如果他们能把出轨时的胆魄、想象和热情的十分之一放在自己真正的感情生活中，他们可能都用不着来找我。

很多人在出轨的时候，都把对方想象得过于美好，加上好奇心、冒险欲等很容易让人迷失。其实你本来的对象，刚跟你在一起的时候，你也有好奇心、冒险欲，也想探索未知的他／她。等到你们在一起久了，太熟悉了，你就失去了探索的冲动，你觉得关于他／她的一切你都知道了，就像看电影之前已经被剧透了，你再看就觉得乏味了。

但是回过头来想，不管你的出轨对象怎么样，就算你抛弃旧爱，跟他／她在一起，也未必会幸福。而且可以百分之百肯定，只要你能够做出抛弃旧爱这件事，你就迟早会被背叛和抛弃。就像评价那位断头皇后的那句名言所说——命运赠送的礼物，早已在暗中标好了价格。

无论得到什么，哪怕是一时的刺激和激情，都要付出相应的代价，而这代价，常常是你无法承受、难以预料的。

更别说你的快乐，还是建立在别人的痛苦之上的。

历史上有多少因为出轨而血溅三尺的事情，自尊心受到侮辱，是非常难以平复的。所以说爱近杀，做人还是本本分分的好。多读书，少折腾。虽然年轻人难免爱折腾，但是有些折腾，真的会让你万劫不复，把一生的幸福都断送掉。

好了，说完出轨，还是说说这本书。这是我第一次集中大量地写短篇故事，虽然故事里的人大都有原型，但是一次写这么多，还真是累。

很多文章都是凌晨三点起来，写到天亮写好的，倒不是我故意选那个时间，而是我只有在早上精神状态特别好。

过去出过很多短篇故事集，但那些都是先一篇一篇写好，发在不同的杂志上，历经好多年，积累了一本书的量，才结集出版，那些书没有什么主题，就只是我个人的创作编年史。

而这本书，是一开始就想好了主题的，是想讲一些生活中看似普通，却与众不同的人的故事。

我最讨厌命题作文，这次自己给自己命题，写这样一本书。为的也是挑战一下自己，看能不能达到我写作的最高水准。

毕竟一味地纵容自己是不好的，关键时刻要逼一逼，这本书就是被逼出来的，按说我现在也不缺钱了，不缺名了，更不缺作品，本来不需要这么拼，凑合凑合写本书也无所谓。

后记

但是仔细想想,我还是缺好作品的,这些年虽然出过几本畅销书,但是我真正拿得出手的只有一本武侠小说《剑客没有剑》,我的杂文集和故事集大都拿不出手,而作为一个靠情感小说成名的作家,一本情感故事书都拿不出手,实在是有点儿说不过去。

也正是抱着写本能够拿出手的作品的想法,我写了这本书,记录了自己对周围人身上发生的事情的看法,更多的,是希望大家能够就这些人这些事,思考自我。

不管是流浪也好,隐居也罢,甚至豪赌狂饮,不同的生活方式,都有每个人不同的出发点。你的梦想可能是他的毒药,同样,你觉得无聊的事情,他可能一生都乐此不疲。

我们谁也不能勉强谁,人生太苦了。苦到哪种程度呢?苦到那篇《病人石》,就是讲的我自己。我觉得我心肠够硬了,十五年的修炼,已经让我像石头一样冷酷,一样百毒不侵了,可是真的遇到了爱,我一样会得心理疾病。会忧虑会绝望,会患得患失寝食难安。

独处时的我和朋友们平时看到的谈笑风生的我完全是两个人,有时候我也觉得我分裂了,白天人前开心,夜里独自垂泪。

都说没有长夜痛哭过的人,不足以语人生。写这本书的过程里,我痛哭了几个长夜,有时候是为自己,有时候是为书里的人。

人生太长,有太多身不由己。只希望在接下来的时光里,不管是我自己也好，我身边的人也好，看了这本书的你也好，都能少一些艰难曲折，多一些痛快淋漓。

这本书最初我是取名为《永远年轻，永远在路上》，那时候想人生应该是永不止步的。什么是永不止步呢？活到老学到老便是。

我们固有的人生，常常已经安排好了，二十岁以前学习，四十岁以前工作，到六十岁左右的时候退休，安度余生。

如果你出类拔萃，像我这样，十几岁就完成了学业，三十岁前就退休了，那剩下的时光，都是安度余生，那样的时光就美好吗？答案是否定的。

人生的魅力和价值就在于折腾，一次次失败，站起来，再失败，再站起来，直到成功，或者被死亡结束。

如果主动放弃折腾，那生命一定是无聊的、琐碎的、让人生厌的。所以我早些年退学的时候，有很多人跟我说，你这个年纪不能退学，你这个年纪就该好好在学校待着。

我现在开始学英语了，又有人说，你都功成名就了，还吃这个苦干吗？真想出去玩，带个英语好的导游不就行了？

其实什么年纪上学，什么年纪工作，什么年纪退休或者学习，都不重要，重要的是你要保持一颗永远有活力的心。

比如说走遍了中国之后,就想走遍世界。写出了畅销十万的书之后,就想畅销百万,影响更多人。进了中国文学史之后,还想进中国历史。这不是贪婪,是让生命越来越璀璨的动力。

躺在过去的成绩上睡大觉固然轻松自在,但生命也在轻松自在的同时,丧失了变得更美好的可能。

所以我想我的生命中,未来的生命中,应该永远不会有"退休"这个词。活到老写到老,活到老看到老,活到老玩到老,活到老走到老。除了死亡,一切都不能让我停下来。

也期待,在我折腾的道路上,一直有你。

写到这里,我就又想起跟我一起写作的那些朋友,现实的诱惑和家庭的压力,导致他们在写作的道路上并没有走太久就偏航了。

我一直为他们感到遗憾,我觉得他们的才华不输于我,却没有坚定的信念,不觉得只要自己坚持就一定会有出路,然后放弃梦想,跟家庭妥协,过平淡的人生。

时隔七年,我翻看他们的微博和朋友圈,发现他们的生活变得庸俗无聊,而且烦恼丛生。由此可见,追求梦想的道路上固然困难重重。放弃了梦想也未必能够过得一帆风顺、幸福快乐。人生没有一劳永逸的事情,放弃艰难挑战,有时候是自己把自己推向生活的沼泽。那虚无缥缈的梦想,可能是唯一可以让你脱离庸俗生活的存在。

在这本书写到一半的时候,我有个朋友得了癌症,看着她每天坚持不懈努力跟病魔对抗,我就想,其实健康地过好每一天,本身就是一种幸福。

生活中不缺乏美好和幸福,只是缺少发现。写这本书的时候,我的女朋友给我提供了很多灵感和创意,在此特别向她表示感谢。能遇到这么一个志同道合的人,是我人生第一幸事。

一转眼我已经要三十岁了,人说三十而立,从十四岁退学到现在,写了十五年,漂泊了十五年,我希望在三十岁这一年,我能够建立一个家庭。一个温暖的,永远可以让我安心写作的家庭。

有人说偶像结婚了,粉丝就会掉光。我曾经也有过这种担心,但是现在已经想开了。真正热爱我的人,会热爱每个时期的我。我能够回报的,只有作品。

在作品之外,我希望我的生活,能够渐渐步入正轨,叛逆的、特立独行的生活过了太久了,已经快要忘记家的感觉了。

因为是听着朴树、陈粒、谢天笑写完这本书的,所以也想在此感谢这些年陪伴我度过漫漫长夜的那些歌者。

了解我的人都知道,我最热爱的是音乐,最大的梦想也是做音乐人，可惜因为不擅长，只能放弃。

写完这本书的时候，我是有些伤感的。这是今年的最后一本书，也是今年的第八本书，明年不可能像今年一样疯狂出书了。

今年疯狂，只是因为我站在了二十几岁的尾巴上，明年就三十岁了，漫长的青春期就要结束了，我不能再骗自己，把自己当小孩子了，我要去承担大人的责任了。

在我十四岁刚离开校园的时候，我曾以为三十岁是世界末日，到了那天我会变成一个完全陌生的，甚至是我讨厌的人。

现在我确实蛮讨厌自己的，但并不陌生，我还没有完全变坏，还是那个任性的我，只是明年会如何呢，我不知道。人生的奇妙之处，就是不知道未来会怎样。

我知道的只是我要三十岁了，我要抓住最后的时光，我要疯狂写作，献给我的青春期，献给我最后的年少时光。我想我会永远记住这一年，记住我的29岁，记住2016，我永远也不可能一年写这么多书了。

年纪是非常尴尬的东西，在十几岁的时候，我特别喜欢认识陌生人，觉得有一群朋友是很快乐的事情，到了二十多岁，就很怕认识陌生人。每次和新认识的朋友聚餐，难免会被问到婚姻问题，这时候就只能撒谎，如果你坦诚相告，说你觉得不结婚也没关系，对方会觉得你不靠谱，有毛病。

　　现在，如果说人脉，我有着非常充足的人脉，可是说到朋友，却寥寥无几。而且很多话，没法说。我很多朋友都是女生，而且都是大美女，都是别人眼中的女神。不管是单身的还是已婚的，平时我们只能保持距离，如果深入交流，就会变成男女朋友，然后谈恋爱，分手，像走过场，像中了诅咒。所以到了这个年纪，就只能关闭内心。

　　同龄的男性朋友呢，大都在忙着追求各自的事业，大都有了自己的家庭，要照顾老婆孩子，要赚钱，根本没有时间跟你交流，能够偶尔坐下来喝喝酒，就已经很不错了。

　　说到朋友，就不得不说一下，在这本书完稿的时候，在2016年9月7日，我的好朋友之一，演员徐婷去世了。

　　在这本书的最后，请允许我写一段话给她。

　　2016年9月7日，你离开了这个世界。原谅我只能用这样的方式怀念你。他们把你刷上了热搜榜第一，我也发了微博，又删了，这时候在公开场合说什么都没用了，你已经走了。端午节你给我发祝福，我那时候忙，草草回复，没想到竟然成了我们最后一次聊天。现在想来，觉得特别对不起你。朋友之间，能多说一句，就该多说一句，人生太脆弱，不知道哪一句，就是最后一句。我们总觉得时间还多，不用着急，我们总是低估命运的残酷。

你跟我说你生病了，想趁着无法拍戏的时间写写你的经历的时候，我还觉得你太拼了，劝你病好了再写。那是6月的事情，我翻看聊天记录，其实4月时你就想写了，是我一直疏忽。你主演的电影在CCTV（中央电视台）的电影频道播出的时候，我还想着你的未来不可限量，虽然还没有完全实现演大片的梦，但起码演员梦是圆了。那时候你说你想出本自己写的书，我觉得迟早会实现的，现在看来是再也不能了。

从2014年到2016年，每次我出新书你都帮我宣传，在微博、在朋友圈，发合影，做直播，你管我叫哥哥，我却没有做好一个哥哥。你不要怪我，在天堂里不要觉得孤单，你先走一步，我们终将会去那里。如果有来生，我希望能够做你的亲哥哥。让漂亮美丽的你，有一个畅快淋漓的人生。

她去世的那天晚上，我一直在循环听陈百强的歌，我患上抑郁症已经很久了。时好时坏，尝试过几次自杀，好在都挺过来了。

陈百强、张国荣、陈琳，这三位歌手都是伴随我成长的歌手，都患有抑郁症，都在三四十岁就选择了离开。我不喜欢谈论"死亡"这个话题，而"死亡"这个话题却时时刻刻伴随着我。

这本书里，我在多篇文章里谈论了死亡，也提到了癌症和抑郁症。人有时候无法选择，病痛就是会在你意想不到的时候找上你。除了挺过去，没有别的办法。有时候抑郁症发作，我倒宁愿自己得了癌症或者出个意外，宁愿马上到世界末日，一了百了。精神上的痛苦，比肉体上的痛苦更折磨人。

这本书里《病人石》那篇文章，初看是悲观的，其实是积极的，写那篇文章的过程，就是我战胜抑郁症的过程。就像那篇文章里说的那样，死亡可以解决一切问题，但一切却不能只靠死亡解决。

我希望看到这本书的人，都能像病人石一样，摆脱疾病，回到现实中，清醒过来。这本书在写的时候，就不仅仅是想写给正常的人看的，正常的人，可以从正常的文章里找到促使自己战胜困难的力量。

而患了癌症或者抑郁症的人，我希望也能从这本书里，找到支撑自己活下去的力量。你并不孤单，这个巨大的世界里，每一个角落，都有和你一样的人。我们都需要，认真过好每一天，活好一天，就赚了一天。

作者：何慕
定价：32.8 元

《这一杯我敬的是年少无知》

悬疑推理小说作家何慕，出道六年，首部都市情感类短篇小说集。一封写给曾经那个无知而又勇敢的少年的陈情书，十三个故事，十三个与曾经的我重叠的影子，或决绝，或孤勇，让人唏嘘，令人心疼。作者用故事告诉我们，既无岁月可回头，且敬年少一杯酒。

意林首部心理成长剖析小说

古风才女苏缠绵
首部青春心理治愈小说
《意林》告白的书
浪漫延续

人气写手
倾心力作
你想看的
恋爱秘密

定价：32.80元

一次亲情伤痛造成的人格分裂
一场治愈并守护爱情的计划
是杀死，还是守护
神秘小姐的背后
究竟隐藏着什么秘密

赠书附赠"真心话大冒险"飞行棋
精美卡牌 趣味互动

意林精品图书推荐

《我不愿让你一个人走过青春的荒芜》
简介：95后模特级作者谢宁远写给你最深情的告白书。十五篇故事，是告白，亦是陪伴。
定价：29.80元

《对方正在输入中》
简介：那些爱与被爱的故事。年少时的懵懂酸涩，成熟后的感人至深；都是心头的一枚朱砂痣。
定价：29.80元

《你是年少的欢喜，喜欢的少年是你》
简介：古风天后言玉，初涉现代爱情，打造都市轻风之作。
定价：29.80元

《从此晚安我自己》
简介：95后男神作者何家豪首部青春成长礼童话，将这16个故事，说给长大成人的你！
定价：29.80元

——"告白的书"系列

《别来无恙，我的小初恋》
简介：销量超百万作家沈嘉柯暖心力作，陪你一起挥别青春，再出发。
定价：29.80元

《喜欢这句话，我憋住了整个青春》
简介：数十篇青春伤感故事，带你领略成长、青春、爱恋的阴晴圆缺。
定价：29.80元

《遇见你，就是最对的时候》
简介：青罗扇子、周德东等作家用文字演绎纸上电影。时光远去，我们永远青春。
定价：29.80元

《我记得你说过的每句美好》
简介：独木舟、夏七夕、七微等名家用真挚的笔触探究青春的色彩。
定价：29.80元

——"多味之恋"系列

《这世间所有的纸短情长》
简介：织梦人张芸欣在深夜为你点一炉青莲之香，寻找渐渐远去的青春与年少。
定价：29.80元

《世界那么大，命中注定遇见你》
简介：每个人都会接触形形色色的人，又会和一些人聚聚散散，马叔说，这些相遇都是命中注定。
定价：29.80元

《我不怀念你，我只怀念有你的往昔》
简介：继《左耳》之后深入骨髓的疼痛青春，每个人都可以在她的故事中找到最原始的自己。
定价：29.80元

《花与巡夜人》
简介：国内一本填色减压故事书，抚触你的心灵，治愈现代人的都市病症。
定价：36.90元

——"深夜暖心"系列

《少年从不等风来》
简介：关于年轻人的追梦故事，他们用自己的特立独行，创造属于自己的天地。
定价：29.80元

《你的人生不需要别人点赞》
简介：大人物从这里起步，成就了丰盈的人生。数百篇故事告诉你成功者的秘密。
定价：29.80元

《逆光飞翔，微芒盛放》
简介：名人的磨难被眼晒成坚强，带给你十八而志的青春励志的正能量。
定价：29.80元

《像明星一样去战斗》
简介：数十位明星的奋斗史。逆袭背后，都是平凡生活中的伟大梦想。
定价：29.80元

——"十八而志"系列

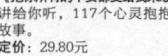
《把你所有的不安交给我来暖》
讲给你听，117个心灵抱抱的故事。
定价：29.80元

《所有的坚强，都是柔软生的茧》
玻璃心的朋友们，看这里！讲给你听，125个含泪奔跑的人生故事。
定价：29.80元

《生命中除了爱，其他都是行李》
讲给你听，召唤小确幸的111个故事。
定价：29.80元

《都道初心不可负，而初心是何物》
133个初心故事，既有明星大家，又有平凡人物，从故事里闪耀初心的光芒。
定价：29.80元

——"初心讲义"系列